매운 新무협 판타지 소설　FANTASTIC ORIENTAL HEROES

蒼龍魂 창룡혼

창룡혼 3
매은 新무협 판타지 소설

초판 1쇄 찍은 날 § 2012년 3월 27일
초판 1쇄 펴낸 날 § 2012년 3월 30일

지은이 § 매 은
펴낸이 § 서경석

편집부장 § 권태완
편집책임 § 박우진

펴낸곳 § 도서출판 청어람
등록번호 § 제1081-1-89호
등록일자 § 1999. 5. 31
어람번호 § 제2-2215호

주소 § 경기도 부천시 원미구 심곡2동 163-2 서경B/D 3F (우) 420-822
전화 § 032-656-4452 팩스 § 032-656-4453
http://www.chungeoram.com
E-mail § chungeoram@chungeoram.com

ⓒ 매은, 2012

ISBN 978-89-251-2825-2 04810
ISBN 978-89-251-2750-7 (세트)

※ 파본은 구입하신 서점에서 교환하여 드립니다.
※ 저자와 협의하여 인지를 붙이지 않습니다.
※ 이 책은 도서출판 청어람과 저작자의 계약에 의해 출판된 것이므로,
   무단 전재 및 유포·공유를 금합니다.

蒼龍魂 ③

창룡혼

매운 新무협 판타지 소설
FANTASTIC ORIENTAL HEROES

제1장	거짓말	7
제2장	묻어둔 기억	49
제3장	적발마녀	93
제4장	항주를 떠나서	139
제5장	이제 그만해요, 우리…	183
제6장	두 사람의 방문객	231
제7장	기이한 자들	269

第一章 거짓말

蒼龍魂 창룡혼

1

 이극과 유서현은 아수라장이나 다름없는 화재 현장을 빠져나왔다. 화마(火魔)에 삶의 터전을 빼앗기고 도망치는 이들이 부지기수라, 제아무리 곽추운이 무림맹의 대인원을 동원했다 한들 그 물결에 휩쓸려 빠져나가는 두 사람을 찾기엔 역부족이었다.
 더구나 백성의 안위를 염려하는 맹주의 뜻에 따라 무림맹원들은 화재 진압에 앞장서야 했다. 화재 현장으로 몰려든 구경꾼들의 수도 만만치 않아, 그들의 시선을 무시해 가며 이극과 유서현을 찾고 있을 수만은 없었던 것이다.

물론 무림맹의 주인이며 천하제일고수이자 최근 그 명성에 금이 가고 있던 곽추운도 가만히 있지만은 않았다. 곽추운은 현장의 일선에서 직접 맹원들을 지휘하며 화재 진압에 앞장서는 모습을 보였다.

거대한 불길은 수많은 가옥과 인명을 집어삼키고도 사그라들 줄을 몰랐지만, 무림맹과 뒤늦게 가세한 관부 인원들이 힘을 쓴 결과 다른 구역으로 번지는 것만은 막을 수 있었다.

화재 현장으로 몰려드는 흐름을 거슬러 가는 일은 쉽지 않았다. 자고로 구경 중에 으뜸으로 치는 것이 불구경이라, 항주 성내의 모든 주민들이 불구경을 나선 게 아닌가 싶을 정도로 많은 사람들이 몰려들고 있었다. 피난민들의 행렬에 떠밀리듯 빠져나오던 방금 전과는 전혀 다른 형국이었다.

이극은 행여나 놓칠 새라, 유서현의 어깨에 팔을 단단히 두르고 인파의 흐름을 역행해 나아가고 있었다. 마음 같아서는 건물의 지붕 위로 올라가고 싶었지만, 경공술을 펼칠 엄두도 나지 않을 정도로 사람이 워낙 많았다.

더구나 지금 유서현의 상태도 썩 좋은 편이 아니었다. 생명이 위험할 중상은 없었지만 팔다리, 어깨에 크고 작은 상처가 가득했다. 공력은 바닥을 보인 지 오래였고 진기마저 손상을 입었으니 소녀가 벌인 악전고투가 어느 정도였는지 알 만했다.

덕분에 유서현은 눈을 감고 이극에게 매달리다시피 하여 겨우 걸음을 옮기고 있었다. 의식을 잃지는 않았지만 극한까지 고조되었던 긴장감이 이극을 만나며 풀린 반응이었다.

"아가씨, 괜찮아? 정신 똑바로 차리고 단단히 잡고 있어. 여기서 놓치면 찾을 수도 없어!"

이극은 유서현이 정신을 잃지 않도록 계속 말을 걸며 인파를 헤쳐 나갔다. 그 말을 들은 걸까? 이극을 잡은 손에 힘이 들어갔다. 이극은 고개를 끄덕이며 미소 지었다.

"그래, 잘 하고 있어."

이극은 유서현의 등을 가볍게 두드리며 속삭였다.

수많은 사람들이 만드는 거대한 흐름을 거스르며, 이극은 품 안의 유서현을 붙들었다. 소녀의 뼈마디는 사내에 비하면 터무니없이 가늘고 약해서 유서현을 잡는 이극의 손이 조심스러울 수밖에 없었다.

버드나무처럼 가늘기만 한 몸으로, 검 한 자루에 의지하여 무림맹이 자랑하는 전투부대 쌍아대를 발칵 뒤집었다고 누가 믿을 수 있을까? 아니, 설령 가능하다 한들 그리하라 내몰 수 있는 자가 누가 있을까?

이극은 흐트러진 호흡으로 힘겹게 발걸음을 옮기는 유서현을 내려다보며 자책했다. 소녀를 가혹한 시험에 들게 한 것

거짓말 11

은 다름 아닌 이극 자신이었으니까.

유서현은 눈을 가늘게 뜨고 이극을 올려다봤다. 자신을 단단히 붙들고 인파를 헤쳐 나가는 이극의 얼굴이 보기 드물게 심각했다. 귓가에 웅웅거리는 주변의 소음이, 어쩐지 꿈속에 있는 것만 같았다. 유서현은 이극의 품 안에서 붕 떠 있는 기분을 느끼며 말했다.

"알고 있었어요?"

말은 입안을 맴돌았지만 이극의 귀에는 똑똑히 들렸다. 이극은 고개를 숙여 유서현을 바라봤다. 방금 전까지만 해도 정신을 차리지 못하고 있던 유서현이 자신을 올려다보고 있었다.

"뭘?"

"맹주… 곽 맹주와 서로 아는 사이였어요?"

"……."

유서현의 갑작스러운 질문에 이극은 바로 대답하지 못하고 입을 다물었다. 그러나 대답하지 못하고 난감해하는 이극의 얼굴이 곧 대답이었다. 유서현은 힘없이 말했다.

"저를… 이용했던 건가요?"

"아니야. 그렇지 않아."

"다행이네요."

이극의 대답이 만족스러웠는지 유서현은 옅은 미소를 지

으며 다시 눈을 감았다. 그런 유서현을 보니 마음 한 구석이 아려와, 이극은 얼굴을 찡그렸다.

사실을 말하자면, 그렇지 않다는 이극의 대답은 거짓이었다.

이극은 단 하나의 목표를 바라보며 십여 년이 넘는 세월 동안 항주에서 해결사 노릇을 해왔다.

마종의 손에서 무림을 구하고 정사를 일통한 영웅, 곽추운이 쌓아올린 거대한 성을 무너뜨리는 것. 그리하여 곽추운이 쓰고 있는 위선의 가면을 벗기고 추악한 실체를 만천하에 드러내는 것이 이극의 목표였다.

항주에 머무르며 이극은 몇 차례 기회를 가졌었다. 그러나 그때마다 곽추운이 가지고 있는 힘 앞에 시도조차 하지 못하고 마는 경우가 반복되었다.

그러는 동안 이극의 체념은 깊어지고 결심은 무뎌졌다. 특히 가장 최근에 있었던 수재민으로 구성된 자활공사단의 증발은 결정적으로 이극을 포기 직전까지 내몰았다.

이극은 공사단이 정체를 알 수 없는, 자신들을 '회(會)'라고 부르는 집단에게 납치당하는 과정에서 분명 곽추운이 어떤 식으로든 개입되어 있을 거라고 확신하고 있었다. 그러나 차씨 표국의 표두, 차형공이 모든 책임을 뒤집어쓰고 자결함으로써 곽추운의 개입 여부는 다시 어둠 속으로 묻히고 말았다. 이극이 어찌할 여지도 주지 않고 곽추운은 다시 장막 뒤로 숨어버리고 만 것이다.

그 일 이후로 이극은 의욕을 잃었고 곽추운을 향한 적개심도 한풀 꺾이고 말았다. 차형공으로 하여금 자진하게 만든 그 힘, 곽추운이 가진 무림맹이란 거대 단체의 수장이라는 힘 앞에서 자신의 무력함을 절실히 깨달은 것이다.

무력감을 잊기 위해 술독에 빠져 살던 이극에게 유서현은 천재일우의 기회였다. 자신의 존재를 드러내지 않고 곽추운에게 일격을 가하고 싶었던 이극의 바람은, 유서현을 만남으로써 비로소 실현될 수 있었다.

따라서 이극은 유서현을 이용한 것이 맞다. 응당 유서현에게 사과하고 용서를 빌어야 마땅할 테지만, 어째서인지 사실을 말할 용기가 나지 않았던 것이다.

'미안해, 아가씨.'

이극은 속으로 사과하며 계속 걸음을 옮겼다. 화재 현장으로 몰려가는 인파를 빠져나왔는지 어느새 주변이 한산했다. 거리를 지키고 있어야 할 상인들도 모두 화재를 구경하러 갔는지 좌판을 비우고 사라져 있었다.

"멈춰라!"

낮은 목소리가 이극의 발목을 잡았다. 이극의 눈에 홀로 선 사내가 들어왔다. 머리에 흰 붕대를 감은 사내는 적개심 가득한 눈으로 이극을 노려보고 있었다.

 바로 검영대주, 철사자 장굉이었다.

 "당장 그 계집을 내려놓고 무릎을 꿇어라!"

 장굉이 크게 소리쳤다. 심후한 내공을 실은 고함 소리가 공기를 진동시켰고, 이극의 몸에 짜릿한 자극을 선사했다. 과연 무림맹을 대표하는 검영대의 대주였다.

 평소라면 한판 붙어보고 싶은 상대일지도 모른다. 그러나 지금은 상황이 여의치 않았다. 쌍아대의 두 대주와 수하들을 상대하느라 소모된 공력이 만만치 않았고, 무엇보다 품 안의 유서현이 걸렸다.

 "싫은데?"

 이극은 고개를 좌우로 흔들고, 몸을 돌려 바로 옆 골목으로 들어갔다. 그 모습을 본 장굉이 당황하여 크게 소리 지르며 이극의 뒤를 쫓았다.

 "이놈! 비겁하게 내빼는 것이냐!"

 "비겁하지 않았으면 벌써 죽었게?"

 골목 안에 막 들어선 장굉의 귓가에 조롱하듯 이극의 속삭임이 들어왔다. 반사적으로 고개를 든 장굉의 눈에 그의 머리를 넘어 담벼락 위로 뛰는 이극의 모습이 들어왔다.

 "하압!"

 기합 소리와 함께 장굉의 두 손바닥이 이극이 착지하는 담벼락에 꽂혔다.

콰콰콰쾅!

굉음과 함께 담벼락이 무너지며 이극의 신형도 균형을 잃었다.

"쳇!"

이극은 혀를 차며 몸을 추슬러 무너지는 담벼락의 잔해를 밟고 뛰어올랐다. 장굉도 그런 이극을 쫓아 몸을 날렸다.

"귀찮다!"

이극은 오른팔로 유서현의 허리를 감아 단단히 붙들고 왼팔을 휘둘렀다. 소매가 펄럭이며 소용돌이를 일으키더니, 무너지던 담벼락의 잔해를 휘감아 장굉을 향해 날리는 게 아닌가?

"헙!"

상승의 경지에 오른 이극의 내공 운용 수법에 놀라 장굉이 헛바람을 들이켰다. 그러나 그 역시 무림맹 본영이 자랑하는 쟁쟁한 고수 중 한 사람. 장굉은 즉시 두 팔을 놀려 날아오는 잔해들을 쳐냈다.

그러나 그러는 사이 이극의 신형은 수십 장 멀리 달아난 상태였다. 부서진 담벼락 아래 내려선 장굉은 머리를 감은 붕대를 거칠게 뜯어냈다.

"빌어먹을!"

분통을 터뜨리는 장굉의 목소리는 멀리 이극의 귀에도 똑똑히 들려왔다. 그 깊은 공력에 이극은 혀를 내둘렀다.

'과연 철사자라는 명성이 헛되지 않았군. 같은 대주지만 쌍아대의 두 사람과는 격이 다른 걸?'

비록 이극의 손에 유명을 달리했으나 쌍아대의 두 대주, 반곡과 구현당도 만만치 않은 고수다. 그런 고수들이 산처럼 쌓여 있는 곳이 무림맹이고, 그중에서도 특히 많은 수가 모여 있는 곳이 항주의 본영이었다.

그런 무림맹에 홀로 대적한다는 것은 계란으로 바위 치기나 다름없는 소리다. 이극이 어떻게든 곽추운의 약점을 찾아 그곳을 공략하려 했던 것도 거대한 조직의 두려움을 알기 때문이었다.

하지만 유서현은 두려움없이 무림맹과 대적하려 했다. 그것이 몰라서 그랬든, 이극의 꾐에 넘어가서였든 이유는 중요하지 않았다. 중요한 것은 소녀가 이극이 준, 어리석도록 무모한 주문을 순순히 받아들여 끝내 해냈다는 결과였다.

'정말 멍청한 건지 담력이 큰 건지……'

이극은 눈 감은 유서현을 내려다보며 고개를 절레절레 흔들었다. 그러나 멍청한 걸로 치자면 자신도 과히 다르지 않다는 생각이 꼬리를 물고 튀어나왔다.

유서현을 이용하면 곽추운에게 일격을 가할 수 있다는 이극의 계산은, 유서현이 그의 주문을 실수없이 해낼 수 있다는 믿음을 전제로 깔고 있었다. 물론 유서현의 무재(武才)가 보통은 아니다. 아니, 그보다는 놀라울 정도라고 해야 옳을 것이다. 그러나 십대 소녀가 항주 성내를 활보하며 검영대를 농락하고, 더 나아가 최강의 전투 부대인 쌍아대 속에 뛰어들어 살아남았다는 것은 어떤 말로도 설명하기 힘든 일이었다. 한마디로 기적과도 같은 일이었다.

그 희박한 가능성에 기댄 자신이 과연 유서현에게 무모하다고 할 수 있을까? 생각이 이에 미치자 이극은 고개를 저을 수밖에 없었다.

이런저런 생각을 하면서도 이극은 발을 쉬지 않았다. 곧 항주성의 네 개 문 중 서문이 눈에 들어왔다. 저 문을 통해 항주를 빠져나간 후 동승류가 기다리고 있을 객잔으로 유서현을 데려다 주면 모든 일이 끝나는 것이다.

"……!"

서문을 앞에 두고 이극의 발이 멈췄다. 아직 해가 하늘에 있어 사위가 밝건만 성문이 굳게 닫혀 있는 것이다. 성문을 지키는 병사의 수도 평소의 몇 배로 불어 분위기가 사뭇 험악했다.

이극은 어찌 된 일인지 몰라 멍하니 서 있다가, 지나가는 사람을 붙잡고 물었다.

"대체 어떻게 된 일입니까? 왜 성문을 닫고 있는 거죠?"

"성내에 큰 난리가 나서 저 모양이라오. 글쎄, 큰 불이 났는데, 방화범을 잡아야 한다고 성문을 봉쇄했다지 뭐요? 아니, 큰 불이 났으면 당장 불을 끄는 데 힘을 쏟아야 하는 거 아니오?"

장년의 행인은 불만이 많았는지 묻지 않은 말까지 거침없이 쏟아냈다.

"그런데도 관부에서는 불을 끌 생각은 안 하고 방화범을 잡겠다며 성문을 걸어 잠그고 지키는 데 병사를 늘리고 있으니, 당장 성을 나가거나 들어와야 할 사람들은 대체 어쩌란 말인지, 원!"

행인의 말과 달리 화재 현장에는 이미 관부의 인원들이 출동한 상태였다. 하지만 행인의 눈에는 증강된 인원이 성문을 닫아놓고 출입을 금하고 있는 모습만 들어왔지, 화재 현장이 어떻게 돌아가는지는 관심이 없었던 것이다.

그러자 누가 부르지도 않았건만, 봇짐을 멘 다른 사내가 대화에 가세했다.

"누가 아니라오? 지금 불을 끄는 건 무림맹이라더군. 맹주께서 친히 앞장서서 화재를 진압하고 있다던데?"

"캬아! 역시 대단하셔! 제 몸보신만 할 줄 아는 관부 놈들과는 비교할 수도 없다니까."

거짓말 19

"성군이지. 말 그대로 성군이야!"

"작년에 물난리가 났을 때도 무림맹이 해결해 주더니, 불이 나도 또 무림맹이 해결해 주는구먼? 대체 우리네 백성을 지켜주는 게 관부야, 무림맹이야?"

봇짐을 멘 사내뿐 아니라 성을 나가지 못해 불만이 쌓인 자들이 몰려들어 저마다 관부를 성토하고 무림맹을 상찬하는 분위기가 형성되었다. 그 중심에서 이러지도 저러지도 못하고 있던 이극에게 누군가가 물었다.

"그런데 형씨, 그 처자는 뭔 일 있나? 어디 아픈겨?"

사람들의 시선이 이극의 품에 안긴 유서현에게로 모아졌다. 정신을 잃은 유서현의 얼굴은 격전을 치른 후였지만 여전히 아름다웠고, 사람들의 이목을 끌기에 충분했다.

"가만 있자… 이 처자 얼굴이 익은데?"

"어라? 나도 그래!"

수일간 항주를 헤집고 다녔으니 모인 이들 중 한둘은 유서현을 봤을 수도 있다. 더 있다가는 판자녀라고 알아보는 사람이 나올지 모른다는 생각에 이극이 서둘러 몸을 돌리는데, 아니나 다를까 누군가 크게 소리쳤다.

"저 처자 판자녀 아냐? 맞아! 판자녀다!"

"뭐? 판자녀라고? 어디?"

판자녀라는 말이 나오자 순식간에 사람들이 모여들었다.

백 명이 넘는 사람이 유서현을 보기 위해 달려드니 자연히 소요가 일었다.

성문에 배치된 병사들은 방화범이 빠져나가지 못하도록 물샐 틈 없이 경비를 하라는 명을 받은 터라 신경이 날카로워져 있었다. 그런 와중에 멀지 않은 곳에서 소요가 일어났으니, 자연히 사태를 파악하기 위해 관병 서넛이 다가왔다.

"이봐! 거기 무슨 소란이냐!"

관병이 다가오며 호통을 치자 사람들은 놀라 흩어졌다. 이극도 그 틈에 섞여 자리를 피했다. 방화의 주범이 풍선교라면, 이극은 못해도 공범쯤 됐으니 말이다.

'미안하게 됐수다.'

정해진 근무 일정을 초과하여 동원되었을 관병들에게 속으로 사죄하며, 이극은 성문으로부터 멀어졌다.

2

"후우……"

화재 현장으로부터 멀지 않은 곳에 마련된 거처로 들어온 곽추운은 의자에 앉아 한숨을 쉬었다. 소매나 옷자락은 물론 곱게 기른 수염과 머리카락 군데군데 열기에 타버린 흔적이 역력했고 얼굴에는 그을음이 가득했다.

모두 거대한 불길에 맞서 선두에서 화재 진압을 지휘한 대가였다.

낭패를 보기는 했으나 이 일이 곽추운에게 아주 악재만은 아니었다. 아니, 어쩌면 오히려 전화위복의 기회로 작용할 수도 있는 일이었다.

유서현, 소위 판자녀로 인해 곽추운의 명성에는 미세한 금이 가 있었다. 본래 거리낌없이 태도를 바꾸는 것이 대중의 습성이라, 유서현의 주장을 그대로 믿고(물론 그 주장의 대부분은 사실이었지만, 반대로 이극의 사주를 받고 악의적인 소문을 흘리는 자들도 있었다) 곽추운을 비방하는 자들이 늘어난 것이다.

그런 때에 곽추운이 몰려든 군중들 앞에서 친히 화재 진압에 앞장섰으니, 이 일을 계기로 곽추운의 명망은 보다 굳건해질 것이라 예상할 수 있었다. 애초에 그런 효과를 기대하고 화재 진압을 진두지휘한 것이기도 했다.

그런데 군중들 앞에서 그토록 바라던 '백성을 위하는 무림맹주'를 성공적으로 연기했으면서도 곽추운의 표정은 그리 흡족하지 않았다.

곽추운의 표정은 몹시도 복잡하여, 화가 난 것 같기도 하고 무언가를 두려워하는 것 같기도 했다. 달리 보면 안달이 난 것 같기도 했고 또 고통스러운 것 같기도 했다.

곽추운은 깍지 낀 두 손으로 입을 가리며 나직이 중얼거렸다.

"박가 놈의 제자가… 대체 왜 이제 와서……?"

거대한 불의 장벽이 다가오는 가운데, 휘몰아치는 열기의 소용돌이 속에서 만난 청년의 얼굴이 눈앞에 떠올랐다.

세월의 풍파에 마모되긴 하였으나 기억 속 앳된 얼굴이 남아 있었다. 몹시도 영준하고, 무재 또한 누구와 견줄 수 없이 뛰어났던 아이다.

기억의 무덤 속에서 튀어나온 소년의 얼굴이 곽추운의 등을 밀어 오래된 상념의 늪 속으로 빠뜨렸다. 천하제일인이라는 이름을 얻기 위해 저질렀던 죄악이 잠들어 있는 바닥으로, 곽추운은 깊이 가라앉았다.

*   *   *

대마신 철염은 말 그대로 마신(魔神). 인간의 영역을 한참 벗어난 존재였다. 마종의 사악한 무공과 술법, 두 영역을 한 몸에 갖춘 철염에게 대항할 수 있는 자는 아무도 없었다.

숭산을 내려온 철염의 손에 들린 종려 선사의 수급을 봤을 때, 사람들은 절망의 나락으로 굴러떨어졌다. 마종이 집어삼킨 영역은 중원의 일부에 불과했지만, 사람들의 마음은 그때 이미 굴복했던 것이다.

철염이 대수롭지 않게 집어 던진 종려 선사의 수급이 땅바닥을 구르는 순간, 항쟁은 끝이 난 것처럼 느껴졌다. 그 광경을 직접 목도한 사람이나 전해들은 사람이나, 모두 한마음으로 절망할 수밖에 없었다.

그러나 종려 선사의 수급을 취한 대마신 철염에게 당당히 검을 겨눈 자가 있었다. 두려움을 모르던 상승(常勝)의 청년 고수, 파검룡협 곽추운이었다.

그물거리던 검은 불꽃이 일순간 한 점으로 달려들었다. 해일을 연상시키는 거대한 압력! 도무지 인간의 것으로 생각할 수 없는 힘이 엄습해 왔다.

"……!"

곽추운은 이를 악물고 진기를 끌어올렸다. 주인에게 공명하여 애검 백뢰(白雷)의 검신에 수십 가닥의 뇌전이 일어났다. 곽씨세가 가전의 비검, 뇌룡검법이 가진 모든 힘이었다.

자신을 향해 달려드는 검은 불꽃을 향해 곽추운은 백뢰를 강하게 휘둘렀다. 수십 가닥 뇌전으로 둘러싸인 백뢰와 검은 불꽃이 충돌하며 굉음이 터져 나왔다.

콰콰콰콰콰광—!

곽추운의 신형이 높이 올랐다가, 바닥으로 떨어졌다. 흙바닥을 몇 바퀴 구르던 곽추운이 자리에서 일어났다. 그러나 무릎을 펴기도 전에 뱃속으로부터 비릿한 핏덩이가 치밀어 올랐다.

"커헉!"

곽추운은 검붉은 핏덩이를 토하며 무릎을 꿇었다. 밀려드는 고통을 억누르며 곽추운은 박차고 일어났다.

"으아아아악!"

고통을 분노로 승화시켜, 곽추운은 사자후를 토해냈다. 감당키 어려운 충격이 기혈을 진탕시켜 서 있기도 힘들 지경이었지만 눈앞의 상대에게 약한 모습을 보일 수 없었다.

검은 불꽃에 휩싸인 구 척 장신의 사내. 신이라도 된 양 세속을 초월한 눈으로 곽추운을 굽어보는 이자가 바로 온 무림을 공포로 몰아넣은 대마신 철염이었다.

포효하는 곽추운을 보는 철염의 눈에 일순간 이채가 서렸다. 청년의 꺾이지 않는 전의가 대마신의 고요한 정신에 작은 파문이라도 일으킨 것일까?

[아직도 싸울 마음이 남아 있느냐?]

검은 불꽃을 두른 철염의 목소리는 강한 울림과 함께 전해졌다. 곽추운은 백뢰를 든 손에 힘을 주며 대답했다.

"내 반드시 네 목을 벨 것이다!"

시종일관 무표정하던 철염이 미소를 지었다. 그를 감싸고

타오르던 검은 불꽃이, 웃음에 실려 동심원을 그리며 주변으로 퍼져 나갔다.

검은 불꽃의 고리는 곽추운에게까지 닿아 철염의 감정을 가감없이 전달했다. 명백한 비웃음이었다.

"상대를 능멸하는 것이 마종의 법도인가!"

분한 마음이 앞서, 다시금 핏덩이 하나가 올라왔다. 피를 토하며 외치는 곽추운에게 철염의 의사가 전해졌다.

[무엇으로 내 목을 베려 하는가 싶어 절로 웃음이 나왔다네. 젊은이. 기분이 상했다면 사과하지. 후훗.]

"무엇으로 베다니? 당연히 내 검으로……?"

당당히 외치며 애검 백뢰를 내밀던 곽추운의 얼굴이 굳어졌다. 손잡이 위로 곧게 뻗어 있어야 할 백뢰의 검신이 사라져 보이지 않았다. 방금 전 일격을 버티지 못하고 검신이 산산조각 난 것이다.

그것도 모르고 빈 손잡이만 쥔 채 목을 베겠노라 외쳤으니 그 모습이 얼마나 우스웠을까? 더구나 끝장낼 수 있는 기회를 아무렇지도 않게 버리는 철염의 모습은, 곽추운을 대등한 적이 아닌 한 수 아래의 애송이로 보고 있다는 증거였다.

"커헉!"

곽추운은 다시 피를 토했다. 고양되었던 전의가 일시에 사라지고 절망과 수치심이 그의 두 어깨를 짓눌렀다.

명문세가의 자존심. 동세대 누구도 범접하기 힘들다는 찬란한 재능. 불세출의 천재.
 곽추운에게 으레 따르던 찬사들이, 이 순간 날카로운 비수가 되어 심장에 꽂혔다. 그리고 쇠사슬이 되어 곽추운을 무릎 꿇렸다.
 [……]
 쉬지 않고 일렁이던 검은 불꽃이 고요히 가라앉았다. 곽추운은 고개를 들지 않아도 자신을 보는 철염의 시선이 바뀌었음을 알 수 있었다.
 범 무서운 줄 모르는 하룻강아지에게는 흥미의 눈길이라도 보낼 수 있지만, 꼬리를 만 개에게는 일말의 관심도 둘 가치가 없다. 지금 곽추운의 모습이 딱 그 꼴이 아닌가.
 그때, 익숙한 목소리가 젊은 곽추운의 귓가를 때렸다.
 "고개를 들어라!"
 서릿발 같은 호통에 곽추운은 고개를 들었다. 어디선가 날아온 십여 개의 그림자가 그의 머리를 넘어 앞을 가로막고 섰다. 그중 정면에 선 자의 등은 어린 날 곽추운이 보고 자랐던 그 등이었다.
 곽씨세가의 가주, 곽중헌(郭重憲)은 비장한 눈으로 철염을 바라보며 외쳤다.
 "너는 세가의 미래이며 중원무림을 떠받칠 동량이다 어찌 사특한 무리의 수괴 앞에 고개를 숙인단 말이냐!"

"아버님……!"

"당장의 역량 차이를 인정하는 것은 부끄러운 일이 아니다. 고래로 숱한 준걸들이 한두 번 패배에 굴하지 않고 권토중래하여 결국 역사에 빛나는 영웅이 되지 않았더냐?"

"하오나 소자……!"

"그러니 여기는 걱정 말고 도망치거라. 내 아들은 겨우 이까짓 일로 무너질 자가 아니라고 내 굳게 믿겠느니라."

곽중헌은 끝까지 돌아보지 않았다.

세가의 모든 힘이라고 할 수 있는 십대 장로와 함께 왔음에도 눈앞의 철염 한 사람을 당해낼 자신이 없었던 것이다.

'과연 대마신이라는 사람들의 말이 결코 헛되지 않았구나! 어찌 인간의 육신으로 이런 경지를 이루었단 말인가? 마종의 무공이 이리도 무서웠던가!'

노회한 고수의 눈에도 철염의 무서움이 고스란히 전해져 왔다. 일찍이 느껴보지 못한 위압감이 곽중헌뿐 아니라 일선에서 물러난 곽씨세가의 장로들을 무겁게 짓누르고 있었다.

"아버님!"

곽추운은 피를 토하며 아버지를 불렀다. 그러나 곽중헌은 끝내 돌아보지 않고 외쳤다.

"무얼 하느냐! 어서 가래도!"

"그럴 수 없습니다! 아버님을 남겨두고 어찌 도망친단 말입니까! 제가……!"

피를 토해내던 곽추운의 입을 누군가 막았다. 십대 장로 가운데 두 사람이 곽추운을 붙든 것이다.

"이거 놓으십시오!"

곽추운은 사지를 비틀었다. 그러나 이미 극심한 내상을 입었으니 두 장로를 떨쳐 내기엔 역부족이었다.

"아버님!"

두 장로에게 붙들려 곽추운의 신형이 뒤로 날아갔다. 곽중헌의 뒷모습이 멀어지고, 양 옆으로 곽추운과 함께 와서 죽은 동료들과 마종의 고수들의 시체가 빠르게 스쳐 지나갔다.

흐릿해져 가는 시야에 곧 검은 불꽃만이 가득해, 곽중헌과 장로들의 모습은 사라지고 없었다.

* * *

"커험, 흠!"

방 밖에서 들려온 헛기침 소리에 곽추운은 상념의 늪 속에서 빠져나왔다.

"누구냐?"

"송 아무개올시다."

송삼정이었다. 곽추운은 문을 열어 송삼정을 방 안으로 들였다. 엉망이 된 채로 있던 곽추운을 보며 송삼정이 말했다.

"고생이 많으셨습니다. 제대로 씻지도 못하셨군요."

곽추운은 껄껄 웃으며 대답했다.

"별말씀을 다 하십니다. 맹주라는 자리가 그런 게 아니겠습니까? 천하에 산적한 문제가 많으니 조금도 쉴 틈이 없지요. 고통 받는 백성을 생각하면 어찌 제가 일신의 안위를 추구하겠습니까?"

"아닙니다. 이 송 모, 맹주의 헌신에 오늘 큰 감명을 받았습니다."

송삼정은 자리에서 일어나 포권의 예를 취했다. 곽추운은 크게 흡족하면서도 속내를 감추고 당황한 척, 송삼정을 만류했다.

"송 장로, 이러지 마십시오. 당연히 해야 할 일을 했을 뿐인데 그런 말씀을 하시니 몸 둘 바를 모르겠습니다."

송삼정은 특유의 어린아이 같은 미소를 지었다. 곽추운이 강호의 배분상 후배이기는 하나 엄연히 맹의 주인이다. 그가 송삼정을 극진히 대하는 태도는 분명 과한 감이 없지 않았다.

"그나저나 대접이 부실하여 걱정입니다. 무림맹 본영으로 모시라고 지시해 두었으니, 가셔서 쉬고 계십시오."

"맹주께서는 같이 안 가십니까?"

곽추운은 손을 저으며 말했다.

"불씨가 아직 남아 있는데 제가 어찌 돌아가겠습니까? 끝까지 현장을 지켜야지요. 너무 걱정하지는 마십시오. 남은 일들은 되도록 빨리 처리하고 돌아가겠습니다."

곽추운은 짐짓 의연한 표정을 지으며 말했다.

지금 장로회는 친 맹주파와 반 맹주파, 양 진영으로 나뉘어 대립 중이었다. 두 진영이 가진 힘의 균형이 절묘하게 맞아, 곽추운으로선 무림맹을 뜻대로 움직일 수가 없었다.

그중 송삼정을 포함한 삼 인의 장로는 어떤 진영에도 가담하지 않고 사태를 관망 중이었다. 힘의 균형을 무너뜨리는 방법은 중립을 표방하는 이들을 끌어들이는 수밖에 없었고, 자연히 양 진영은 열렬한 구애를 퍼부었다.

그러나 중립파의 수장 격인 송삼정은 한 치도 움직이지 않아 사람들의 노력을 계속하여 물거품으로 만들어왔다. 심지어 곽추운의 초청에도 응하지 않기를 수차례 반복했던 것이다.

그 송삼정이 스스로 항주에 왔음은 이미 곽추운에게 마음이 기울었다는 뜻이 아니겠는가? 자연히 송삼정을 대하는 곽추운의 얼굴에 화색이 돌았고 한 치도 소홀함이 없었다.

그런데 문득, 송삼정의 얼굴에서 웃음기가 사라졌다. 송삼정은 고개를 저으며 말했다.

"아닙니다. 맹주의 귀한 시간을 빼앗을 수는 없지요. 괜찮으시다면 여기에서 이야기를 드리고 싶군요."

곽추운은 두 팔을 벌리며 기꺼이 말했다.

"무엇이든 말씀하십시오."

"말씀드리진 않았지만 제가 항주에 온 이유를 맹주께서는 짐작하고 계시겠지요?"

송삼정은 조심스럽게 말을 꺼냈다. 곽추운은 득의만만한 표정으로 대답했다.

"수차례 드렸던 초청에 답을 주시기 위해 오셨으리라 짐작합니다만… 제 생각이 맞을는지요?"

"맞습니다. 아시겠지만 당금 장로회는 맹주를 옹호하고 뜻을 같이하는 이들과 그렇지 않은 이들로 양분되어 있지요. 그 때문에 맹주께서도 뜻을 펼치시는 데 제약이 많아 곤란해하고 있다 들었습니다."

"맹세컨대 제가 하고자 하는 일에는 단 한 톨의 사심도 들어 있지 않습니다. 모두가 천하만민을 돌보기 위함이거늘, 상관 장로들은 그저 반대를 위한 반대만 반복하니 솔직히 답답할 때가 한두 번이 아닙니다."

제 말을 강조하기 위해 곽추운은 가슴을 두드렸다. 그 모습을 보고도 송삼정은 아무런 표정 변화 없이 말했다.

"상관 장로가 답답한 면이 없진 않지요. 어쨌든."

"예, 말씀하시지요."

송삼정의 표정이 썩 좋아 보이지 않자 곽추운은 얼른 입을 닫았다. 말을 중간에 끊어서 못마땅해하나 싶었던 것이다.

"제가 항주에 온 까닭은 제 눈으로 직접 확인하고 싶어서였습니다. 도착해 보니 역시 소문대로, 아니, 소문 이상이더군요. 제가 만나본 항주 주민들 대부분이 맹주를 칭송하고 무림맹을 높이 사더이다. 황제 폐하도 마음대로 할 수 없는 것이 밑바닥 민심인지라, 과연 맹주의 덕이 하해와 같음을 제가 직접 확인할 수 있었습니다."

"그럼……?"

굳은 표정과 달리 송삼정의 입에서 칭찬이 줄줄이 나오자 곽추운의 얼굴에 화색이 돌았다. 그러나 한껏 부풀어 오른 기대를, 송삼정은 잔인하게 짓밟았다.

"하나… 마음에 걸리는 부분이 있습니다."

"그, 그게 무엇이오? 대체 뭐가 걸린단 말입니까?"

송삼정에게로 한껏 기울은 곽추운의 몸은 당장에라도 자리에서 일어날 것만 같았다. 송삼정의 입에서, 안달이 난 곽추운이 가장 듣고 싶지 않을 이름이 튀어나왔다.

"유서현이라고 했던가요?"

"……."

곽추운은 허리를 세우고 자세를 바로 했다. 그와 송삼정 사이에는 작은 탁자가 하나 놓여 있을 뿐이지만, 유서현의 이름이 나온 순간 커다란 벽 하나가 세워진 기분이었다.

송삼정의 말이 이어졌다.

"항주에 머무르며 본영의 대처를 쭉 보아하니, 그 아이의 말이 허무맹랑하기는 하나 진위를 파악할 필요는 있다는 생각이 들더군요. 애초에 무시하면 될 일을, 굳이 무력으로 진압하려 드는 모습이 다소 실망스러웠다고 얘기한다면 맹주께 결례를 범하는 일일지도 모르겠습니다만……."

송삼정은 말꼬리를 흐리며 곽추운의 반응을 살폈다. 곽추운은 예의 바른 얼굴로 말했다.

"저는 그렇게 생각하지 않습니다."

"어째서입니까?"

"한 자루 검은 기껏해야 백 명을 벨 뿐이지요. 하나 혀는 한 번 놀림으로 성 하나를 무너뜨릴 수 있습니다. 사람들은 말하기를 좋아하고, 저보다 나은 사람의 허물을 즐깁니다. 그 계집이 터무니없는 주장을 하여도 그것을 믿는 자도 있을 것이요, 믿지 않아도 사실인 양 떠들어대며 즐기는 자도 있을 것입니다. 이렇듯 말에는 대마신 철염이 살아 돌아와도 당해내지 못할 힘이 있으니, 어찌 허투루 대하겠습니까?"

곽추운은 온화한 얼굴로 웃고 있었지만 아까처럼 기꺼워하던 표정은 보여주지 않았다. 송삼정이 반론을 폈다.

"그렇다면 검영대로 충분치 않았습니까? 어찌 전투 부대인 쌍아대까지 동원하신 겁니까?"

"이야기가 자꾸 헛도는군요. 그 건에 대해서는 이미 말씀드렸을 텐데요. 계집을 잡는 과정에서 맹원이 셋이나 당했습니다. 쌍아대를 움직인 것은 제 군사이나, 저 역시 같은 결정을 내렸을 겁니다."

곽추운이 딱 잘라 말하자 송삼정은 고개를 끄덕였다.

"그렇기 때문에 다시 한 번 확인하고 싶은 것입니다. 유서현이라는 그 아이가 맹원을 살해한 게 확실합니까? 맹주께서는 수하의 보고를 믿으십니까?"

"저와 모든 맹원은 한 가족과 같은 사이입니다. 믿고 안 믿고를 논할 일이 아니지요."

"……"

송삼정은 대답 대신 곽추운의 눈을 바라보았다. 송삼정은 곽추운의 속내를 샅샅이 살펴보겠다는 심산으로 날카로운 시선을 보냈다. 그러나 곽추운의 눈빛은 확고하여 조금의 흔들림도 보이지 않았다.

송삼정은 그 확고한 눈 속에 작은 돌 하나를 던졌다.

"가족 사이에서도 서로 속이는 일이 일어나고는 하지요."

송삼정의 말을 듣자 곽추운의 얼굴에서 온화한 미소가 사라졌다. 곽추운은 눈썹 끝을 올리며 송삼정에게 말했다.

"지금 내 부하가 나를 속였다고 말씀하시는 겁니까?"

"그럴 수도 있고, 아닐 수도 있지요."

송삼정의 답변이 애매했고, 곽추운은 단호하게 대응했다.

"지금 하신 말씀은 나뿐 아니라 무림맹 본영 모두를 능멸하는 발언이었습니다. 아무리 송 장로라 해도 그냥 넘어갈 수 없소이다. 당장 취소하십시오."

"그리는 못하겠습니다."

송삼정은 딱 잘라 말하고 자리에서 일어섰다.

"제가 왜 믿지 못하는지를 말씀드리지요. 그건 유서현이라는 아이가 그날 검을 소지하지 않았기 때문입니다."

"그걸 어찌 아신단……!"

"그리고!"

송삼정은 강경하게 말하고 자리에서 일어났다.

"철사자 장굉이 스스로 제 수하 검영대원들을 베는 모습을, 제가 이 두 눈으로 똑똑히 봤기 때문입니다!"

"그럴 리 없소이다!"

곽추운도 자리에서 벌떡 일어나 소리쳤다. 곽추운의 눈 속에서 불길이 이글거렸다. 송삼정은 그런 곽추운의 시선을 정면으로 받으며 대답했다.

"그래서 제가 맹주께 제안을 하나 드리려 합니다."

"제안이라니?"

"유서현이라는 아이, 제가 데려오겠습니다. 맹주께서도 철사자 장굉을 불러주십시오. 두 사람을 한 자리에 모아놓고 대질 심문을 하여 시시비비를 가리면 되지 않겠습니까?"

처음부터 송삼정은 이 제안을 하기 위해 곽추운을 찾아온 것이었다. 송삼정이 예기치 못한 제안을 하자 곽추운도 마땅히 거부할 명분을 즉석에서 찾기가 어려웠다.

"송 장로가 원하시는 대로 하십시오. 하지만 내 사람이 절대 그런 일을 저질렀을 리 없다는 것은 알아두십시오. 송 장로께서 무언가 잘못 봤을 겁니다."

마지못해 승낙을 하면서도 곽추운은 자신의 믿음을 내비쳤다. 송삼정은 그제야 예의 어린아이 같은 미소를 띠며 대답했다.

"저도 그러기를 바랍니다."

3

사방이 희뿌연 안개에 휩싸인 세상이었다.

한 치 앞도 보이지 않는 세상을, 유서현은 정처없이 걷고 있었다.

유서현의 머릿속은 희뿌연 안개로 가득해 세상과 다르지 않았다. 자신이 왜 걷고 있는지, 어디로 향하고 있는지 떠오르는 것은 아무것도 없었다. 그저 다리가 움직이는 대로 나아갈 뿐이었다.

얼마나 걸었을까? 문득 고개를 들어 보니 안개 너머에 도드라진 검은 그림자가 눈에 들어왔다. 유서현은 당연하다는 듯이 검은 그림자를 향해 외쳤다.

'오빠!'

유서현의 말을 들었는지 검은 그림자가 고개를 돌렸다.

온몸이 검게 물든 그림자였지만, 돌아본 얼굴만큼은 선명했다. 선이 가늘고 이목구비가 섬세하지만 강단이 엿보이는 그 얼굴은 소녀의 오빠가 틀림없었다.

얼굴을 확인한 유서현은 다시 한 번 오빠를 불렀다. 유순흠도 동생을 알아봤는지 빙그레 웃음을 지었다.

유서현은 기쁘게 웃으며 유순흠을 향해 달려갔다. 금방이라도 달려가 안길 수 있을 것 같았다.

그러나 아무리 달려도 유순흠의 그림자는 가까워지지 않았다. 아니, 오히려 달릴수록 멀어지는 것만 같았다.

'오빠!'

안타까운 마음에 유서현은 다시 오빠를 불렀다. 그러나 유순흠은 웃고만 있을 뿐, 유서현에게 다가오지 않았다. 유서현은 이를 악물고 유순흠을 향해 뛰었다.

안개 속에서 수십, 수백의 그림자가 튀어 나와 유서현의 앞을 가로막았다. 유서현과 검격을 나누었던 쌍아대원들이었다.

'비켜!'

어느새 유서현의 손에는 검이 들려 있었다. 유서현은 악을 쓰며 검을 휘둘렀다. 유서현은 쌍아대원들을 베고 또 베며 전진했다.

그러나 쌍아대원의 수는 줄어들지 않았다. 오히려 베면 벨수록 늘어나 유서현의 앞을 가로막았고, 끝내 유서현의 팔다리를 붙들었다.

유순흠은 여전히 웃는 얼굴로 쌍아대원들에게 붙들린 동생을 바라보다 등을 돌렸다. 멀어지는 유순흠의 그림자를 보며 유서현은 소리쳤다.

'오빠! 기다려! 기다리란 말이야!'

유서현은 목이 터져라 외쳤지만 유순흠의 그림자는 돌아보지 않고 안개 속으로 사라졌다. 유서현은 발광하다시피 사지를 흔들어 쌍아대원들을 떨쳐 내고 유순흠이 사라진 방향으로 달려갔다. 그러나 이내 그 앞을 누군가 가로막고 나섰다.

유서현의 앞을 가로막고 나선 자는 풍선교였다. 타오르는 불 속에서 온몸이 녹아내리고 있는 풍선교가 유서현에게 말했다.

'더는 못 간다. 너는 내게서 벗어날 수 없어!'

'비켜……!'

유서현은 버럭 화를 냈지만 어째서인지 움직일 수가 없었다. 뱀의 시선에 제압당한 쥐처럼, 풍선교 앞에서 움직이지 못하는 현상이 다시금 일어난 것이다.

'이익……!'

유서현은 이를 악물며 팔다리를 움직였다. 그러나 마음만 앞설 뿐, 유서현은 한 발짝도 앞으로 나아갈 수 없었다.

풍선교는 비릿한 웃음을 지으며 옴짝달싹 못하는 유서현에게 다가왔다. 고열에 살이 녹아내려 흰 뼈가 드러난 얼굴을 들이대며 풍선교는 유서현의 두 팔을 잡았다. 풍선교의 몸에서 타오르던 불꽃이 유서현에게로 옮겨졌다.

뜨거운 고통 속에서 정신은 아득해져만 갔다.

"헉!"

누워 있던 유서현이 막힌 숨을 토해내며 벌떡 일어났다. 꿈속에서 느꼈던 공포와 고통이 남아 있는지 온몸에 땀이 흥건했다. 이극은 부들거리는 소녀의 어깨를 잡았다.

이극의 손으로부터 전해지는 온기가 유서현을 진정시켰다. 비로소 유서현은 자신이 보고 들었던 모든 것이 꿈이었다는 사실을 깨달았고, 그와 동시에 꿈속에서 본 모든 것을 잊어버렸다.

다만, 몹시도 그리워하던 사람을 만날 수 없었다는 두려움만이 아련한 통증으로 남아 있었다.

"꿈이었구나……."

중얼거리던 유서현은, 퍼뜩 생각나는 바가 있어 고개를 돌렸다. 어두운 방 안 구석에 작은 등불 하나가 빛을 밝히고 있었다. 판자녀로 활동하는 동안 기거했던 이극의 비밀 거처였다.

"아가씨. 괜찮아?"

얼빠진 얼굴로 주변을 둘러보는 유서현이 걱정되어 이극이 물었다. 그러자 유서현은 이극의 팔을 붙잡고 물었다.

"제가 얼마나 잠들어 있었던 거죠? 왜 이렇게 어두운 거예요?"

이극은 고개를 저으며 말했다.

"그렇게 오래 잠들어 있지는 않았지만 술시(19시~21시)가 넘었어. 해는 벌써 졌지."

"아, 안 돼요!"

이극의 대답을 들은 유서현은 깜짝 놀라 자리에서 일어났다. 그러나 이극은 일어나려는 유서현의 어깨를 눌러 침상에 도로 앉혔다.

"지금은 나갈 수 없어. 좀 더 자."

"이거 놔요! 동 아저씨가 기다린단 말이에요!"

유서현은 외치며 이극의 손을 뿌리쳤다. 그러나 이극은 유서현을 단단히 붙들고 말했다.

"성문이 닫혔어. 어차피 나갈 수 없단 얘기야. 모르겠어?"

이극은 유서현의 눈을 바라보며 힘주어 말했다. 유서현은 한참을 앉아 이극의 눈을 노려보다, 결국 힘이 빠져 어깨를 늘어뜨렸다.

"그래. 지금은 쉬는 게 나아."

이극은 붙잡은 손을 떼고 위로하듯이 말했다. 유서현은 이극을 올려다보며 원망하듯이 말했다.

"왜 저를 내버려 두신 거죠? 억지로 깨워서라도 내보내셨어야죠! 왜… 대체 왜……."

이극은 제 머리카락을 헤집으며 대답했다.

"방화범을 잡겠다며 관부가 성문을 닫아버려서 나가질 못했어. 그렇지 않았다면 내가 아가씨를 데리고 동 머시기가 기다리고 있다던 곳으로 갔겠지."

"방화범이라면 그… 암천대주라던 자죠? 그자는 곽 맹주의 일검에 죽었잖아요. 그런데 왜 또 방화범을 잡겠다고 그러는 거죠?"

"그럼 곽추운, 그 작자가 미쳤다고 '아이쿠, 알고 보니 방화범이 우리 맹원이었습니다. 제가 잘 처리했으니 아무 걱정

마시지요' 이러겠어?"

그래도 유서현은 받아들이기 힘들다는 얼굴로 이극을 바라봤다. 이극은 그 눈을 똑바로 쳐다보지 못하고 고개를 돌렸다.

이극은 방화범을 잡겠다며 성문을 닫은 이면에는 분명히 곽추운의 입김이 작용했으리라고 생각했다. 그렇지 않고서야 관부가 그토록 신속히 대응할 리 없었던 것이다.

성문을 걸어 잠근 진짜 목적은, 바로 자신과 유서현이 항주를 빠져나가지 못하게 하기 위함이리라. 보다 정확히 말하자면 유서현이 아니라 이극 자신일 것이다.

그러니 따지고 보면 모든 게 이극의 원인이라, 유서현의 눈을 똑바로 보지 못하는 게 당연했다.

"……"

"……"

어색한 침묵이 이어졌다. 유서현은 다시 누우라는 이극의 말을 무시하고 침상 위에 앉아 멍하니 허공을 응시하고 있었다. 이극도 달리 할 수 있는 게 없어, 그런 유서현의 옆을 지키고 앉아만 있었다.

그렇게 일다경쯤이 흘렀을까. 유서현이 입을 열었다.

"곽 맹주와는 어떻게 아는 사이죠?"

힘없이 흘러나온 말에 이극이 돌아봤다.

"뭐?"

"아까 제가 물어봤을 때 대답했잖아요. 곽 맹주와 아는 사이라고. 아는 사이라면 어떻게 아는 사이인지 궁금해요. 아저씨, 처음에는 모른 척했잖아요."

낮에 인파를 헤치며 물었던 내용이 기억나는지 유서현은 이극을 추궁했다. 이극은 곤란해하며 얼버무렸다.

"내가 그랬나?"

"분명 그랬어요. 똑똑히 기억한다구요."

언제 힘이 빠졌느냐는 듯 유서현은 강하게 밀어붙였다. 유서현이 두 눈을 동그랗게 뜨고 묻자 이극은 별 수 없이 고개를 끄덕였다.

"별거 아니야. 예전에 한두 번 얼굴 본 게 다야."

"정말이에요?"

다짐을 받으려는 듯 유서현이 물었다. 이극은 양심에 찔리는 부분이 없지 않았지만 과감히 말했다.

"정말이야. 거짓말을 할 이유가 없잖아?"

유서현은 큰 눈을 굴리며 이극의 눈을 바라봤다. 이극은 유서현의 시선을 감히 보지 못하고 저도 모르게 눈을 피했다.

"정말이에요?"

유서현이 재차 물었다.

품 안에서 정신을 차리지 못하던 낮과는 다르다. 이극은 바로 대답하지 못하고 망설였는데, 대답은 엉뚱한 곳에서 나왔다. 문이 벌컥 열리며 누군가 들어와 이렇게 외치는 것이었다.

"정말은 쥐뿔!"

문을 열고 들어온 자는 추 부인이었다. 추 부인은 한달음에 달려와 유서현을 안았다.

"저 무식한 놈이 애한테 몹쓸 짓을 시켰구나. 고생 많이 했지? 아이고……."

추 부인은 두 손으로 유서현의 뺨을 감싸며 말했다. 추 부인의 따뜻한 말에 유서현은 가슴이 뭉클하면서도, 작별 인사를 나누고 나온 게 바로 오늘 아침이었다는 생각에 민망함을 감추지 못했다.

마침 유서현의 손등에 난 칼자국이 추 부인의 눈에 띄었다. 추 부인은 고개를 홱 돌려 이극을 노려보며 말했다.

"너 이거, 얼굴에 상처라도 났으면 어쩔 뻔했어? 네가 책임질 거야?"

"아줌마 또 엄한 말씀 하시네. 책임은 무슨 책임이야?"

[그럴 땐 '내가 책임지면 되잖아!' 라고 해야지, 이 답답아!]

추 부인의 날카로운 질타가 전음으로 귓가를 때렸다.

[아, 돌겠네. 내가 그런 거 아니라고 몇 번을 말했어? 하긴 말한다고 들을 사람이 아니지. 암튼 이상한 소리 하지 마. 더

충 둘러대고 말 거니까.]

이극은 어색하게 웃으며 전음으로 단단히 경고했다.

[농담 아니야. 진짜 제대로 경고하는 거야.]

[어쭈? 잘 하면 한 대 치겠다?]

[그러면 못 칠 줄 알지? 진짜 친다?]

이극과 추 부인은 한 치도 물러서지 않고 서로를 노려봤다. 날카로운 눈빛이 허공에서 부딪쳐 밀고 당기는 싸움이 한동안 이어졌는데, 가만히 지켜보던 유서현이 끼어들었다.

"두 분, 전음으로 저 몰래 대화하시는 거죠? 제가 들으면 안 될 얘기라도 있는 건가요?"

추 부인은 당장 고개를 돌려 다시 유서현과 눈을 마주보며 말했다.

"쯧쯧… 이 예쁜 아이가 무슨 죄를 지어서 이 고생이람. 이게 다 저놈 때문이란다. 아가."

추 부인은 유서현의 머리를 쓰다듬으며 말했다.

"이 아줌마가 진짜!"

이극이 발끈하여 자리에서 일어났다. 그러나 추 부인은 이극을 거들떠보지도 않고 유서현을 꼭 안았다.

막상 일어나기는 했으나 유서현을 안고 있는 추 부인에게 달려들 수 없는 노릇이라, 이극은 이러지도 저러지도 못하고 어정쩡한 처지에 빠졌다.

더구나 그런 이극을 노려보는 유서현의 눈이 전에 본 적 없이 사나웠다. 소녀를 이용하지 않았다는 거짓말에 순순히 넘어갔던 아까 그 유서현이 맞는지 의심스러울 지경이었다.

어쨌든 곤란한 상황에 처한 이극을 구하고 나선 이가 있었다. 거의 추 부인과 비슷할 정도로 키가 작은 노인이 이극의 어깨를 잡은 것이다.

"그냥 앉아라. 이놈아."

노인은 자기보다 두 뼘은 더 큰 이극의 어깨를 잡고 눌렀다. 놀랍게도 이극은 군소리없이 자리에 앉는 것이었다.

노인은 유서현이 가져온 전표를 감정한 전당포 주인, 주 대인이었다. 유서현은 그 기억을 떠올렸지만 주 대인이 어째서 이 자리에 있는 것인지 알 수 없었다.

사실 유서현이 눈치채지 못했을 뿐, 주 대인은 추 부인을 따라왔던 터라 아까부터 방 안에 들어와 있었다.

유서현은 어리둥절해하며 추 부인과 이극, 주 대인을 번갈아 봤다. 추 부인은 두 손으로 유서현의 뺨을 감싸 자신을 향해 고정시키고 말했다.

"저 미련한 놈이 혼자 끌어안고 끙끙대니 두고 볼 수가 없구나. 아가, 네가 궁금해하는 얘기를 해주마."

"후우……."

이극은 체념의 한숨을 쉬었다. 추 부인은 한번 마음먹은 일은 기어코 해내는 사람이다. 주 대인까지 가세한 이상, 이극이 어찌할 수가 없는 것이다.
 "자, 그럼 어디서부터 시작해야 할까……."
 추 부인은 한없이 사랑스럽다는 얼굴로 유서현을 향해 미소 지으며 이야기를 시작했다.

第二章 묻어둔 기억

蒼龍魂 창룡혼

1

"박가야! 나 왔다!"

낭랑한 목소리가 작은 오두막을 뒤흔들었다. 목소리는 오두막뿐 아니라 주변의 숲속으로 퍼지고, 계곡에 메아리쳤다.

오두막 앞에 선 목소리의 주인은 늘씬한 미녀였다.

가슴골이 드러나도록 파인 상의는 풍만한 매력을, 옆이 탁 트인 하의는 그림 같은 각선미를 유감없이 드러내고 있었다. 푹 들어간 두 눈은 속눈썹이 길었고, 코는 중원인의 것이라고는 믿을 수 없으리만치 높았다.

시원시원한 이목구비와 몸매는 그녀의 몸에 색목인의 피

가 흐르고 있음을 알려주었는데, 보다 정확한 증거는 타는 듯이 붉은 머리카락이었다.

이처럼 신비스러운 매력을 물씬 풍기는 미녀이지만, 감히 그녀에게 다가갈 남자는 없을 것이다. 아니, 그녀의 이름만 들어도 두려워할 사내들이 부지기수였다.

이 붉은 머리카락의 미녀가 저 유명한 사파의 거두, 적발마녀(赤髮魔女) 추영영(秋靈零)이니 말이다.

추영영은 본래 정사지간의 인물로 분류되어야 옳을 것이나, 숱한 사내들이 그 미모에 빠져 헤어나지 못하는 일이 끊이질 않아 사파로 매도당한 것이었다. 참으로 죄 많은 미모라 아니 할 수 없었다.

외딴 산중에 홀로 자리 잡고 있는 오두막은 벌레 먹은 자국이 눈에 보일 정도로 많았고 한쪽으로 기울어져 있어 도무지 사람이 살 집으로 보이지 않았다.

과연 추영영이 몇 번을 불렀지만, 오두막 안은 감감무소식이었다. 추영영은 아름답게 굴곡진 골반 위에 손을 얹고 뾰로통한 표정을 지었는데, 그 모습조차 사내들의 애간장을 녹이도록 아름다운 것이었다. 중원의 단아한 아름다움에 서역의 매력을 더한 추영영의 미모는 가히 천하절색이라는 말이 아깝지 않을 정도였다.

"……?"

추 부인을 보는 유서현의 눈빛이 차마 묻지 못할 질문을 담고 있었다. 추 부인이 웃으며 말했다.

"왜 그러니?"

"아뇨, 어쩐지… 말씀하신 거랑 좀 달라서……."

"호호호! 그래, 지금 내 머리는 사실 염색한 거란다."

"아, 예……."

좀 다르다는 게 꼭 머리카락 색깔의 얘기만은 아니었다. 그러나 굳이 꼬집어 얘기할 수 없어 유서현은 입을 다물었다.

[저 아줌마, 원래 저래. 알아서 걸러 들어.]

표정이 썩 좋지 않았던 걸까? 이극의 전음이 유서현에게 전해졌다. 유서현은 애써 표정 관리를 하며 추 부인의 이야기에 다시 귀를 기울였다.

"박가 이놈아! 이 추영영이가 왔다는데 왜 대답이 없냐!"

대답이 없자 화가 났는지 추영영이 크게 소리쳤다.

그 소리에 실린 내공이 어찌나 심후한지, 낡은 오두막이 무너질 듯이 흔들리고 나무 위로 수백 마리 새들이 일제히 날아올랐다.

소리를 높인 보람이 있었는지 대답이 돌아왔다. 오두막 안에서가 아니라 추영영의 등 뒤에서였다.

"사부님 안 계신데요?"

대답하는 목소리는 앳되지만 제법 걸걸했다. 추영영이 돌아보니 열서넛 되었을까? 한 소년이 지게에 나뭇짐을 한가득 지고 서 있었다.

"이 녀석! 이 누님이 부르는 소리 못 들었어?"

추영영의 목소리가 아까부터 산중을 맴돌고 있었으니 귀머거리가 아닌 다음에야 소년도 들었을 것이다. 소년은 고개를 끄덕였다.

"들었는데요."

"그럼 냉큼 뛰어왔어야지!"

추영영은 버럭 화를 내며 손을 뻗었다. 이때 추영영과 소년의 사이에는 한 장 이상의 거리가 있었는데, 놀랍게도 땅을 접었는지 다리를 움직이지도 않았는데 추영영의 팔이 소년의 목을 휘감는 것이었다.

그런데 막 추영영의 팔에 제압당하려던 찰나! 소년의 신형이 흐릿해지더니 순식간에 빠져나가 반대편인 오두막 앞에 섰다. 추영영의 팔은 허공을 감았고, 소년이 있던 자리에는 지게와 나뭇짐이 쓰러져 있었다.

"이 녀석 봐라? 이 누님이 잠깐 안 본 사이에 또 한가락 배웠다 이거지?"

추영영은 웃으며 소년을 노려봤다. 추영영의 웃음에 넋을 잃지 않는 사내가 없었건만, 소년은 오히려 코웃음을 치며 이렇게 대답했다.
"흥! 누님은 무슨 누님? 내가 언제까지 아줌마한테 붙잡혀 괴롭힘 당할 것 같아요?"
추영영은 딱하다는 듯이 혀를 차며 말했다.
"쯧쯧… 키만 컸지, 어른이 되려면 한참 멀었구나. 내 팔에 목을 감기고 싶어하는 사내들이 얼마나 많은지 아니? 한 줄로 세우면 아마 장안에서 천축국까지 닿을 걸?"
추영영은 그리 말하며 자랑스럽게 가슴을 내밀었다. 추영영의 팔에 목이 감기면 자연히 얼굴을 한쪽 가슴에 묻을 수 있게 되는 것이다.
그 뜻을 알았는지 소년은 얼굴을 붉히며 소리쳤다.
"사부님이 어찌 당신 같은 천박한 여인과 친교를 맺는지 모르겠군요!"

"그땐 참 놀리는 재미가 있었지."
한참 과거를 회상하던 추 부인이 말을 멈추고 이극을 보며 말했다. 유서현이 물었다.
"그 소년이 아저씨였어요?"
"그래. 숫기없기는 그때나 지금이나 별로 변한 게 없지 않니? 그게 어릴 때야 귀엽지, 지금은… 에휴, 내가 저놈간 보면 답답해서 말이 안 나온다."

추 부인은 가슴을 두드렸다. 가만히 듣고만 있던 주 대인도 한마디를 거들었다.

"내 말이."

이극은 얼굴을 찡그렸다. 과거를 아는 사람이란 곧 적에 가깝다는 생각이 강하게 떠올랐다.

"쓸데없는 소리는 하지 마시죠들."

"뭐, 어쨌든."

추영영은 이극의 만류를 뚫고 막무가내로 오두막 안에 들어와 자리를 잡았다. 그런 상태로 한 시진쯤 지나자 또 다른 손님이 오두막을 찾았다. 왜소한 노인, 주 대인이었다.

주 대인은 체구만 작을 뿐 정정한 노인으로 예나 지금이나 별반 다를 게 없었다. 하지만 겉보기로 사람을 가늠하다간 제 명에 못 죽는 곳이 강호라는 세계다.

주 대인의 본명은 주이원(周理圓)이지만, 흔히들 괴형노인(怪形老人)이라는 별호로 부르곤 하였다.

괴형노인으로 말할 것 같으면 거마 중의 거마로, 추영영과는 차원이 다른 사악한 인물이었다. 본신 무공에 대해서는 알려진 바가 없었으나 그보다도 세간을 두렵게 만든 것은 그가 부리는 이형(異形)의 괴수들이었다.

괴수라 해도 진짜 살아 있는 놈을 잡아 조련시키는 것은 아니었다. 그가 부리는 괴수들은 모두 직접 만든 모형이었다. 모형이라고는 하나 그 외향이 무척 정교하고 살아 있는 것 같아, 하나같이 산해경(山海經)에서 튀어나온 모습들을 하고 있었다.

괴형노인이 부리는 괴수들은 모양만 무서운 것이 아니라 그 살상 능력도 상상을 초월했다. 더구나 어떤 재질로 만들었는지 보검으로도 베이지 않았으며 이빨과 발톱은 날카로워 웬만한 호신강기도 무용지물이었다.

그런 괴수를 하나도 아니고 열 마리, 스무 마리까지 자유자재로 운용하니 무림인 중 그를 두려워하지 않는 자가 없었다.

그러나 이극은 조금도 두려워하는 기색 없이 주이원을 맞이했다.

"들어오세요."

추영영을 대할 때와 달리 이극은 주이원을 순순히 집 안으로 들였다. 주이원은 따로 안내를 받지 않고도 제집처럼 자연스럽게 자리를 찾아가 앉았다. 먼저 온 추영영은 제 앞에 앉는 주이원을 보고 이극에게 소리쳤다.

"야! 너, 사람 차별해? 누구는 들어오지도 못하게 하더니 누구는 아주 자동으로 들여보내네?"

"주 선배님은 누구와는 달리 점잖고 예의를 아시죠."

십대의 소년이 괴형노인을 점잖은 선배라 부르고 적발마녀를 거침없이 조롱한다. 누군가 이 광경을 본다면 백이면 백, 하룻강아지 범 무서운 줄 모른다며 소년을 어리석다 욕할 것이다. 그리고 당장 적발마녀의 손아귀에서 사지가 찢기는 광경이 이어질 거라 생각하리라.

 그러나 그런 잔인한 일은 벌어지지 않았다. 추영영이 '저걸 콱 죽여, 말아?' 하는 눈빛을 보내긴 했어도 말이다.

 대신 추영영은 마주앉은 주이원에게 말했다.

 "점잖아서 좋겠네요, 선배님."

 "후배님도 예의범절을 익히면 나처럼 대접받을 수 있을 걸세. 크크큭!"

 주이원의 웃음소리는 가볍다 못해 경박한 편이라 사파의 거두라는 세간의 평가와 어울리지 않아 보였다. 아니나 다를까, 추영영도 그의 웃음소리를 지적했다.

 "아니, 이렇게 웃는 사람더러 점잖다니 저거도 벌써부터 싹수가 노랗다, 노래."

 추영영에게 싹수 노랗단 평가를 받은 '저거'는 밖에서 끓여온 물을 투박한 다관에 담았다. 곧 향긋한 차 내음이 작은 오두막을 가득 채웠다.

 이극은 주이원의 잔에 차를 따르며 말했다.

 "다른 사람도 아니고 추 아주머니께 싹수 노랗다는 말을 듣다니, 영광이네요."

"너 삐딱하게 굴지 말고 내 말 귀담아 들어. 너도 이 산속에 틀어박혀 느이 사부처럼 외롭게 살다 죽고 싶어? 사람이 사람이랑 부대끼며 살아야지, 안 그럼 못 써."

이극은 추영영의 잔에도 차를 따라주며 대답했다.

"그래서 저랑 사부님이랑 같이 살잖아요."

"내 얘기가 그런 거냐?"

"아, 몰라요. 전 이렇게 사는 게 편하니까 그 말씀, 아껴 뒀다가 사부님 오시면 하세요."

유심히 두 사람의 대화를 듣고 있던 주이원이 물었다.

"그래서, 네 사부는 언제나 돼야 오느냐?"

이극은 마지막으로 제 잔을 채우고 말했다.

"해 지기 전에는 오실 거예요. 그런데 두 분이 웬일로 한 날에 사부님을 찾아오셨대요?"

이극의 사부는 무공을 익혔으니 무림인이라 해도 무방하다. 하지만 배운 무공을 써먹지 않고 산골에 틀어박혀 약초나 캐서 산 아래 의원에 팔아 생계를 꾸리다 보니 무림인이라기보다 그냥 약초꾼이라고 불러야 옳을 것이다.

자연 무림에서도 사부의 존재를 아는 이가 드물었다. 오늘 오두막을 찾은 추영영과 주이원, 두 사람 정도가 친교를 맺고 때때로 놀러오는 유이(唯二)한 무림인이었다.

이극은 그런 사부의 방식에 별 불만이 없었다. 고아였던 이극을 거두어 키우고, 무공도 가르쳐 준 사부에게 불만을 품을 이유가 없었던 것이다.

굳이 한 가지를 꼽자면 왜 친분 있는 무림인이 하필 사파의 거마들이냐는 점 정도랄까? 하여 이극은 가끔씩 명망있는 정파의 무인들과 가깝게 지내는 사부를 상상하고는 했다.

"무공은 잘 익히고 있느냐?"

마치 노인이 동네 꼬마 대하듯 주이원은 살갑게 물었다. 이극은 고개를 갸웃거리며 대답했다.

"글쎄요, 잘 모르겠어요. 이게 잘 하고 있는 건지, 아닌지."

주이원은 웃으며 이극의 머리를 쓰다듬었다.

"잘 하고 있다. 널 보니 알겠구나."

반면 추영영은 고개를 저으며 말했다.

"암만 밤낮으로 익히면 뭐해? 인생은 실전이야. 나가서 죽고 죽이고 해봐야 아, 이 무공이 이래서 이렇구나! 깨닫지. 안 그러면 평생 배워보렴. 그게 무용이지, 무공이 되나. 차라리 붕어가 용 되는 걸 바라겠다."

"안 나가면 되죠."

이극은 추영영의 말을 세 마디로 일축하고 자리에서 일어났다. 다기를 치우고 정리하던 중, 이극은 두 사람을 돌아보며 말했다.

"오셨네요."

이극의 말이 떨어지기 무섭게 문이 열렸다. 열린 둔으로 머리가 희끗희끗한 노인이 걸어 들어왔다.

이극의 사부, 박가였다.

2

박가는 어깨에 둘러 멘 망태기를 내려놨다. 얼른 다가간 이극이 망태기를 받으며 말했다.

"다녀오셨어요? 오늘은 많이 못 캐셨나 보네요."

"쓸 만한 놈이 안 보이더구나. 하루 공칠 바에야 친구들이나 보자 싶어 일찍 들어왔다."

박가는 그리 말하고 추영영과 주이원을 향해 고개를 돌렸다. 그리고 함박웃음을 지으며 말했다.

"두 분을 한 날에 모실 수 있을 줄이야. 내 주 선배보다야 어려도 나름 오래 살았다고 생각했는데 이런 날이 오리라고는 꿈에도 몰랐소이다. 먼 길을 불원천리하고 오시느라 고생 많으셨소. 그간 무탈하셨는지?"

박가는 두 사람에게 다가가 포권의 예를 취하며 말했다. 박가의 음성에 진심으로 두 사람의 방문을 기뻐하는 감정이 꾸밈없이 드러나, 추영영과 주이원도 마주 포권의 예를 취했다.

"나야 잘 지내고 말 게 있나. 이런 시대지만 죽지 않고 살아 있으니 그걸로 된 게지."

"가끔 귀찮은 일에 휘말리긴 했지만, 나도 별로 다를 건 없어. 맨날 똑같지. 시비 걸어오는 놈들이 있으면 죽이는 거고, 무시하면 같이 무시하고. 요샌 치근덕거리는 놈이 줄어서 좀 편하긴 해."

"궁씨세가(弓氏世家) 멸문시키신 분이니 오죽하시겠소? 하나 그러다 시집도 못 가는 게 아닌가, 노부는 그게 걱정이외다."

박가는 빙그레 웃었다. 추영영은 드물게 부끄러워하는 모습을 보이며 대답했다.

"언제적 얘기를 꺼내고 그래?"

궁씨세가의 멸문지화(滅門之禍)는 추영영에게 적발마녀라는 별호를 선사한 결정적인 사건이다.

당시 궁씨세가는 호남에 세력을 형성하고 있던 유력 가문이었다. 가주는 아들이 여럿 있었는데, 그중 하나가 사문의 위세를 빌려 패악질을 예사로 저지르는 망나니였다.

망나니라고는 하나 가주의 아들이고, 패악질이라고는 하나 백성들이나 세가 미미한 문파를 괴롭히는 정도였다. 때문에 세가에서도 크게 문제 삼지 않았다. 당시 궁씨세가는 내부적으로 무재가 빼어난 이들이 속속 진가를 드러내었고 외부적으로는 주변 무가나 문파를 규합하는 등 착실히 세를 불리고 있어, 피해를 입어도 달리 하소연할 곳이 없던 차였다.

그러던 중 드디어 사달이 일어났으니, 망나니짓을 일삼던 아들이 추영영에게 한눈에 반하고 말았던 것이다.

궁씨세가 가주의 아들은 추영영을 강제로 취하려 했다. 그것이 그가 반한 여인들에게 연모의 정을 표현하는 유일한 방법이었다. 하지만 안타까운 사실은 이전의 여인들과 달리 추영영에게는 궁씨세가 가주의 아들이 표현하는 연모의 정을 뿌리칠 힘이 있었다는 것이다.

가주의 아들은 갈기갈기 찢겨진 시체로 발견되었다. 범인은 쉽게 밝혀졌는데, 밝혀졌다기보다는 감출 의사가 없었다고 해야 할 것이다.

살해범이 추영영임을 확인한 궁씨세가의 가주는 즉시 세가의 고수들을 보내 추영영을 끌고 오라 명했다. 그런데 최초 둘을 보냈더니 둘이 죽었고, 다음으로 넷을 보냈더니 넷이 죽어 돌아오지 않는 것이었다.

두 번의 시도가 실패로 돌아가자 신중해진 가주는 어떤 전력을 꾸려야 추영영을 잡아 죽일지 고심하였는데, 어떤 결론을 내렸을지는 영영 알 수 없는 일이 되었다. 추영영이 직접 궁씨세가로 들이닥쳐 사내들을 모조리 죽여 버렸기 때문이다.

 한창 세를 불려 중원 유수의 가문들과 어깨를 나란히 하려던 궁씨세가는 그렇게 무림에서 사라지고 말았다. 그리고 추영영은 적발마녀라는, 썩 달갑지 않은 별호를 얻게 된 것이다.

 사실 추영영의 입장에서는 억울한 일이다. 애초에 추영영은 피해자였으니 말이다.

 하나 세상은 미친개에게 물릴 뻔한 가련한 여인보다, 혼자 몸으로 궁씨세가를 멸문시킨 마녀에게 더 큰 관심을 보이게 마련이다. 이후로 추영영은 정파인들과 끊임없이 대립하게 되었고, 저도 모르는 사이에 사파의 인물로 취급당하게 되어 지금에 이르게 된 것이다.

 조용하던 오두막이 오랜만에 시끌벅적했다. 제 앞을 가로막던 자들에게 항상 죽음만을 선사했던 괴형노인이 낄낄거리며 경박한 농담을 던졌고, 성정이 차갑고 잔인하다던 적발마녀는 시종일관 온화한 미소를 지었다.

 누군가 이 광경을 본다면, 스스로 믿지 못하여 감히 남에게 전할 엄두도 내지 못했을 것이다.

 그러나 따뜻한 분위기는 오래 가지 못했다. 추영영과 주이원이 같은 날에 박가를 찾아온 것은 우연이 아니었다. 두 사람 모두 이유가 있었던 것이다. 그리고 두 사람 각자의 이유가 서로 같았던 것 또한 우연이 아니었다.

추영영의 마음이 자신과 같다고 알아본 주이원은 말을 아꼈다. 하여 말을 꺼낸 것은 추영영이었다.

"마종의 기세가 심상치 않아."

마종의 이름이 추영영의 입에서 나오자 이극은 저도 모르게 주먹을 불끈 쥐었다.

소년에게도 소문을 듣는 귀가 있었다. 악신을 숭배하는 무리들이 사악한 무공과 술법으로 무림을 무너뜨리고 중원을 차지하려 한다는 소식이 파다했다.

박가는 늘 그랬듯이 편안한 얼굴로 멋없는 수염을 만지작거렸다. 그는 가끔 찾아오는 친구들의 입을 통해 무림의 소식을 듣기는 하였으나, 그를 마치 잡극이나 소설처럼 즐기기만 할 뿐이었다.

박가의 그런 태도를 모르는 추영영이 아니었다. 하지만 추영영은 이전까지와 달리 목소리를 낮추어 말했다.

"그렇게 웃어넘길 일이 아니라니깐? 소림이 무너졌다고."

과연 적발마녀가 목소리를 낮출 만큼 놀라운 이야기였다.

중원무림의 태산북두, 천하무공의 원류인 소림이 마종의 손에 무너졌다니 누가 상상이라도 할 수 있었겠는가?

당금 마종이 대마신 철염을 앞세워 파죽지세로 중원무림

을 유린해 나간다지만, 그래도 의기가 꺾이지 않았던 이유는 소림이라는 존재가 확고히 자리를 잡고 있었기 때문이었다.

그리고…….

"소림에는 종려 선사가 있지 않았소?"

이번만큼은 박가도 놀랐는지 굳은 얼굴로 되물었다.

박가의 말대로 소림에는 종려 선사가 있었다. 스스로 족쇄를 채우고 숭산의 깊은 곳으로 숨어들어 간, 누구나가 인정하는 천하제일인. 도가와 사파를 거쳐 불문에 이르기까지, 서로 다른 세 무공의 장점을 취하여 일가를 이루었다는 소문이 전설처럼 떠도는 자.

"그 종려도 대마신의 손에 끽, 했다니깐?"

추영영은 손날을 세워 제 목을 그으며 끽 소리를 냈다. 장난스러운 손짓이었지만 그녀의 표정은 어둡기만 했다.

"그 철염이라는 자가 그렇게 무섭단 말이오?"

박가가 되묻자 추영영은 어깨를 들썩였다. 말을 아끼던 주이원이 입을 열었다.

"그래, 엄청 무섭더라. 내 멀리서 봤는데, 차마 가까이 가지를 못하겠더라고. 내 평생 그렇게 무서운 놈은 두 번째다."

천하의 괴형노인이 순순히 무섭다고 인정하며 혀를 내두른다. 대마신 철염이라는 자가 어느 정도인지 어렴풋하게나마 짐작할 수 있는 대목이었다.

"주 형이 그렇게 말씀하신다면 정말 무서운 자겠구려."

박가의 표정이 어두워졌다. 추영영과 주이원이야 아까부터 그랬으니, 오두막 안의 공기가 삽시간에 무거워졌다.

세 사람은 각자 생각에 잠겨 말을 잃었다. 무거운 침묵이 오두막 안을 떠돌고 있자 가만히 듣고만 있던 이극이 나섰다.

"주 선배님. 방금 두 번째라고 하셨는데, 그럼 첫 번째는 누구죠? 종려 선사였나요?"

"녀석, 어른들 말씀 나누는데 끼어드는 거 아니다."

박가가 점잖게 타일렀다.

아무리 대마신 철염이 종려 선사를 이길 정도로 대단하다고는 하나 주이원도 모두가 두려워하는 절정고수다. 스스로 무섭다고 평하면 자기 체면을 깎아먹는 일이니, 이극의 질문은 주이원으로 하여금 제 얼굴에 먹칠을 두 번 하시옵소서— 하는 꼴이었다.

그러나 주이원은 개의치 않고 말했다.

"네 사부지, 누구긴 누구겠냐? 눈깔이 삐어가지곤 눈앞에 있는 걸 못 보고 종려나 찾고 있으니, 쯧쯧……."

주이원은 혀를 차며 이극을 나무랐다. 박가가 민망해하며 손사래를 쳤다.

"주 형도 참, 농담이 과하시오. 이 촌놈 무지렁이가 어찌 주 형을 무섭게 만들었다고 그러시는지, 원."

"어쨌든."

추영영이 나서서 빗나간 대화를 바로잡았다. 두 사람이 박가를 찾아온 목적이 있었던 것이다.

"이대로 마종 놈들이 중원을 통째로 집어삼키는 걸 보고만 있을 거야? 소림까지 무너진 마당에, 이대로 놔두었다가는 무슨 사달이 일어날지 모른다고."

"그건 추 소매(秋少妹)의 말이 맞다. 우리도 언제까지나 수수방관하고 있을 수만은 없어. 놈들은 정사를 가리지 않고 무림인들을 도륙하고 있으니까, 결국 우리 목에도 칼을 들이밀 거란 말이다."

박가는 고개를 저었다.

"두 분은 내가 무슨 힘이 있다고 그러시오들? 나는 한낱 약초나 캐는 늙은이일 뿐이외다."

사부가 가장 자주 하는 말이다. 이극은 묵묵히 사부의 말을 경청했지만, 탁자 아래 두 주먹을 강하게 쥐고 있었다.

"그리고 마종이 집어삼키려고 하는 건 무림이지, 기실 중원 전체가 아니지 않소? 그리고 또 천하인들 무슨 상관이오? 천하는 천자의 것이오, 무림은 무림인들의 것이니 우리네 백성들과는 하등 관계가 없는 것이오. 천자가 마종으로 바뀐다면 또 그 나름대로 장단점이 있질 않겠소?"

밖으로 새어 나가면 당장 관군이 출동하여 오체가 분리되고 삼족이 멸하여질 소리를, 박가는 너무나 태연하게 내뱉었다. 이것만 보더라도 약초나 캐는 촌놈 무지렁이 운운이 헛소리임이 자명했다.

거칠 것 없이 강호를 횡행하던 추영영과 주이원도 박가의 말에 당황한 기색이 역력했다. 주이원이 고개를 끄덕이며 말했다.

"자네 말도 틀린 건 없네만, 그건 하나만 알고 둘은 모르는 소릴세. 마종이 어떤 놈들인지 몰라서 하는 소리야."

산속에 틀어박혀 사는 박가가 마종에 대해 알 리 없었다. 추영영도 서장(西藏)과 사천(四川)의 경계에 암약하고 있던 사교집단이라는 기본적인 정보 외에 달리 아는 바가 없었다.

주이원은 네모진 탁자에 마주앉은 세 사람을 차례로 훑어보며 말했다.

"지금 사람들은 놈들이 그저 교세를 확장시키기 위해 중원을 탐하고, 그 과정에서 무림과 충돌하는 정도로만 생각하고 있지. 일반 백성들은 단순히 이걸 무림과 마종의 싸움으로 치부하고 강 건너 불구경하는 정도로만 생각하고 있는데, 그게 아니야. 그래선 안 된다는 말이지."

"뭐가 안 된다는 건데?"

한 번 말을 끊고 목을 축이는 주이원에게 추영영에 재촉했다. 주이원은 차분히 찻잔을 내려놓고 말했다.

묻어둔 기억 69

"마종의 진짜 목적이 따로 있기 때문이다."

3

"진짜 목적이요?"

눈을 크게 뜨고 묻는 이극에게 주이원이 말했다.

"그래. 놈들의 진짜 목적은 따로 있어. 우리가 생각하는 것처럼 교세를 확장하고 무림을 장악하는… 그런 수준이 아니야."

세 사람은 숨을 죽이고 주이원에게로 시선을 고정했다. 주이원은 한껏 뜸을 들이다 말했다.

"흔히 우리가 대마신이라고 부르는 철염. 사실 그자는 대마신이 아니고, 마종의 수장도 아니라는군."

대마신 철염은 마종의 무공과 술법에 통달하여, 천하에 적수가 없는 경지에 올랐다고 알려져 있었다. 두 사람이 가져온 소식대로 종려 선사까지 제압했다면 그 소문은 사실일 것이다.

그런데 그가 대마신이 아니고, 마종의 수장도 아니라는 주이원의 말이 의아했다. 이극이 물었다.

"그럼 철염이라는 자는 뭐죠? 수장이 아니라면 마종에는 그보다 강한 자가 있다는 말인가요?"

윗사람이 더 셀 거라는 이극의 발상은 치기어린 것이었지만, 그럴 리 없다고 딱 잘라 말할 수도 없었다. 혹시 철염보다 더 강한 자가 뒤에 버티고 있다면? 끔찍한 상상이라 추영영은 몸서리를 쳤다.

"철염이 마종 내에서도 가장 강한 자인 것은 확실해. 그보다 강한 자가 있을 거라고는 생각하기도 싫은 일이지. 다만 마종은 기본적으로 종교집단이기 때문에, 그들의 수장은 종교지도자여야 한다는 거지. 그 수장을 일컬어 종주(宗主)라 한다는군. 철염의 지위는 종사(宗師)라고 해서 그 바로 아래인데, 제의(祭儀) 등 마종의 대소사를 주관하고 종 전체를 지키는 역할을 한다고 해. 가장 강한 자가 할 법한 일이지."

"선배가 그런 걸 어떻게 알고 있지?"

두 사제가 그저 주이원이 얘기하는 대로 그렇구나, 고개를 끄덕일 때 추영영은 가장 기본적인 질문을 던졌다.

기실 중원의 것과 궤를 달리하는, 하여 마공(魔功)이라고 경시하여 부르는 무공과 사악한 술법이 강력하다는 것 외에 마종에 대해 알려진 바는 극히 드물었다. 그런데 주이원이 마치 속을 들여다보기라도 한 것처럼 자세히 이야기하니 의문을 품을 수밖에 없었던 것이다.

"음… 이건 말하기 곤란한 문젠데……."

주이원은 추영영의 날카로운 시선을 회피하며 말꼬리를

묻어둔 기억 71

흐렸다. 그러나 추영영이 그냥 넘어가지 않고 계속 추궁하니 결국 두 손을 들고 실토했다.

"사실 나는 마종이 침공해 오기 이전부터 그네들과 연을 맺고 있었다."

"뭐? 선배가 마종의 끄나풀이었어?"

추영영의 놀라 되물었다. 주이원은 단호히 부인했다.

"아니, 그럴 리가 있나. 나를 뭐로 생각하는 거야?"

"연을 맺고 있었다면서! 본인 입으로 말해놓고 아니라고 하면 대체 뭘 어쩌라는 거야?"

머리가 지끈거리는지 주이원은 이마를 주무르며 말했다.

"연을 맺고 있었댔지, 끄나풀이라고 한 적은 없다네. 후배."

"더 자세히 설명해 주셔야겠소. 주 형."

보다 못한 박가가 나서서 두 사람 사이를 중재했다. 주이원은 한숨을 쉬며 말했다.

"그게 그러니까 뭐라고 해야 하나… 밖에 있는 놈들 봤지?"

밖에 있는 놈들이란 주이원이 수족처럼 부리는 괴수들이다. 물론 살아 있는 놈들이 아니라 특수한 기술로 만든 모형이다. 주이원은 세 마리의 괴수를 대동하여 왔는데, 오두막이 좁아 데리고 들어오지 못하고 밖에 세워둔 상태였다.

"예."

 물을 끓이러 나갔을 때에도 흥미롭게 이리저리 살펴봤던 이극이 대답했다. 주이원은 이극을 보며 말했다.

 "저것들 만드는 데 돈도 많이 들고, 시간도 꽤나 투자했지. 나도 내가 왜 저것들 만드는 데 정성을 쏟는 건지 모르겠지만 말이야."

 기실 주이원은 괴수들의 힘을 빌리지 않고도 충분히 강한 자다. 사파의 고수들 가운데에서도 능히 열 손가락 안에 꼽히는 절정고수인 것이다. 살아 있지도 않은 괴수 모형을 들고 다니며 조종하는 편이 훨씬 번거롭고 비효율적인 게 당연했다.

 "어쨌든 돈과 시간을 투자한 덕에 원하는 모양은 그럭저럭 만들어낼 수 있었지. 움직임도 그럭저럭 내 생각대로 구현해 낼 수 있었고 말이야. 한데 문제가 있었어. 그게 뭔지 알아?"

 "……"

 "내 말 속에 답이 있는데 뭐 그렇게 고민들을 하는지 원. 내가 말했잖아. 문제는 모양도, 움직임도, 내구성도, 죄다 그럭저럭이라는 거야! 도무지 내가 원하는 수준에 도달하지를 않았단 말이다. 중원제일이라는 기술자들을 수소문해서 잡아다 만들게 했지만 이놈들이 딱히 나보다 나을 게 없었어. 어떤 놈은 잘 좀 만들라고 잡아왔더니 내 괴수들에 놀라서 어떻게 만들었냐고 나한테 되묻더라니까?"

"그게 마종이랑 무슨 상관인데?"

"상관이 있지. 상관이 있어."

추영영이 묻자 주이원은 웃으며 대답했다.

"마종의 비술(秘術)이 내 아이들을 완전하게 해주었으니까."

"뭐?"

추영영은 놀라 눈을 크게 뜨고 되물었다. 서역인의 피가 섞인 추영영의 눈은 중원 여인들과는 비교도 할 수 없을 만큼 커서, 되려 보는 이가 놀랄 정도였다.

그러나 주이원은 침착하게 말을 이었다.

"말한 그대로야. 내 아이들의 완성도를 높일 방도를 찾던 중 마종이라는 집단을 알게 되었고, 곧 그들이 보유한 술법과 기술이 나에게 필요하다는 걸 확신했지. 그래서 나는 또 오랜 시간 공을 들여 마종의 인원을 포섭, 내게 필요한 지식과 술법 등을 빼내서 결국 원하는 바를 이루었던 거야. 이 괴형노인의 그림자에는 이러한 노고가 숨어 있단 말이지."

주이원은 자랑스러운 듯이 가슴을 활짝 폈다. 그래 봤자 이극보다 작은 체구라 별 표도 안 나지만.

"마종에 대해서는 그 당시에 알게 된 거군요."

"그래. 내가 그때 아주 입종(入宗)까지 할 뻔했다니깐?"

마종에 투신할 뻔했다는 얘기를 아무렇지도 않게 하는 주이원의 신경도 박가와 크게 달라 보이지 않았다. 추영영은 '유유상종이라더니'라는 얘기를 하려 했지만, 누워서 침 뱉기밖에 더 될까 싶어 입을 다물었다.
 "그래서, 마종의 진짜 목적이라는 게 뭡니까?"
 박가가 묻자 주이원의 얼굴에 그늘이 드리웠다. 주이원은 어렵게 말을 꺼냈다.
 "내가 마지막까지 고민하다가 왜 입종을 거부했는지 아나? 그건 놈들의 교리가 아주 해괴하고, 또 뭐랄까, 암튼 달이 안 되기 때문이야. 이것 참 말도 제대로 안 나오는군."
 "교리가 어떤데 그러세요?"
 "대저 교니 종이니 하는 종교집단이라면 아무리 사특하다고는 해도 저들을 믿는 구성원들의 기복은 보장하는 게 기본이다. 일단 믿어라. 믿으면 너에게 득이 된다. 그래야 사람들을 끌어들이고 세를 불릴 수 있지 않겠냐?"
 "그렇죠."
 "그런데 내가 보니까, 이게 좀 이상한 거라. 이놈들이 믿는 신이 뭐 서역 말이랑 천축 말이 섞였는지 발음이 요상한데 암튼 중원말로 간단히 풀면 대마신이야. 대마신."
 "대마신이라면 철염 아닙니까."
 박가가 묻자 주이원은 손을 저었다.

묻어둔 기억 75

"철염을 대마신이라고 부르는 건 우리 중원인들이지. 철염의 무공이 워낙 사람답지 않으니까 그런 말을 붙인 것 같은데, 암튼 철염과 대마신은 전혀 달라. 철염은 마종을 지키는 종사고 대마신은 그네들이 믿는 신이라구."

"그래서요?"

"그 대마신이라는 신은 신실한 믿음, 그런 거 별로 안 좋아하나 보더라고. 대신에 파괴, 피, 살육. 뭐 이런 걸 좋아하대? 지를 믿는 놈들한테 바라는 것도 다 그런 거야."

"그런 거라면?"

"불신자(不信者)를 죽여라. 그리고 불신자의 손에 죽어라. 불신과 믿음의 피가 증오로 섞여 대지에 스며들 때, 내가 부활하여 너희를 구하리라."

돌연 주이원은 목을 긁는 소리를 내며 말했다. 주이원의 목소리와 내용이 호응하여 으스스한 분위기를 연출했다. 이극은 저도 모르게 오한이 일어 몸을 떨었다.

"그게 뭡니까?"

"마종의 경전 제일 첫 장에 나오는 말이야. 대마신이 제 신자들에게 내리는 지령이랄까."

물론 마종의 구성원들도 실상은 평범한 삶을 누리는 자들이다. 서장과 사천의 경계라는 위치 상 다양한 인종이 섞여 있으나, 엄연히 중원인이 가장 큰 비율을 차지하고 있다. 대마신 철염도 겉으로 볼 때는 중원인과 다름없는 외모다.

그래서 당시 주이원은 섬뜩하다고 생각만 했을 뿐, 일반 신도들의 모습을 보며 교리는 교리에 불과하고 실생활과는 크게 상관이 없다고 생각했었다. 물론 오랜 시간이 흘러 지금에 와서는 그 판단이 틀렸음을 알았지만…….

"저들의 목적은 닥치는 대로 최대한 많은 수의 사람을 죽이고, 또 자신들도 모두 죽는 거야. 마지막 한 사람의 신도가 적의 칼 아래 목숨을 잃고 중원 땅에 피를 뿌리는 것. 그거야말로 저들의 목적이지."

"말도 안 돼. 그런 종교가 어디 있어?"

핀잔을 주면서도 추영영의 목소리에 힘이 없었다. 그녀도 보통 사람이 하기 힘든 잔인한 일을 숱하게 저질러 왔지만 주이원이 말한 마종의 교리만큼 섬뜩한 발상은 품어본 적이 없었다.

나한테 따져 봤자 도리가 없다 대꾸하고, 주이원은 하고자 하는 말을 계속했다.

"어쨌든 저들은 모두 죽음으로써 대마신을 이 땅에 부활시키는 게 목적일 게야. 그런데 그 죽음은 앞에서도 말했다시피, 잔인한 살육 속에서 적의 손에 당해야 한다는 조건이 있어. 같은 신도들끼리 죽인다거나 자결은 인정치 아니하는 거지. 그리고 자신의 피를 뿌리기 전에 불신자—그러니까 우리 중원인들의 피를 먼저 뿌려야 한다, 이 말이야."

"그것과 제가 무슨 상관입니까?"

실로 무서운 이야기가 이어졌음에도 박가의 어조는 처음과 다를 바 없었다. 그 자신은 무공을 익히기만 했을 뿐, 무림인이 아니니 무림의 일에 상관할 바가 없다는 것이다.

주이원이 말했다.

"상관이 왜 없어? 대마신이 왜 부활하려는지 내가 말 안 했나? 그럼 지금 얘기하지. 그네들 경전에 의하면 대마신은 부활한 즉시 땅 위에 산 사람을 모조리 죽이고, 자신을 위해 죽은 신도들을 저승에서 데리고 와 새로운 세상을 연다더군."

"그 말을 믿습니까? 대마신인지 뭔지가 부활한다고요?"

평이하던 박가의 어조가 높이 올라갔다. 대마신이 부활하여 죽은 자들을 데리고 새 세상을 연다니! 그런 황당무계한 말을 진지하게 한다는 것부터가 믿기지 않았다.

"내가 바본 줄 아나!"

주이원은 발을 구르며 소리쳤다. 억울해하는 주이원에게 박가가 물었다.

"그럼 아까 그 말씀은 왜 하신 겁니까?"

"말을 좀 끝까지 들어보고 얘기하게. 다 이유가 있으니까 얘기한 거 아닌가. 잘 들어. 우리가 보기엔 헛소리에 지나지 않아도 그걸 진지하게 믿는 자들이 있어. 그게 마종이지."

"그렇죠."

"그럼 그들은 싸우다가 죽기를 원할 거라고. 그런데 지금 정세를 봐. 놈들의 기세는 하늘을 찌르는데 중원무림은 당장에라도 쓰러질 것 같지. 중원무림인들을 싹 쓸어버렸는데 자기들이 아직 살아 있다고 생각해 봐. 놈들은 죽어야 하는 놈들이라고. 그런데 그 죽음도 조건이 있어. 보통 까다로운 게 아니야. 전심전력을 다해 싸우다 죽어야 하는데, 그게 안 된다. 그럼 어떻게 하겠어?"

"또 다른 적을 찾겠죠?"

스승을 대신해 이극이 대답했다. 주이원은 이극에게 다시 물었다.

"놈들이 원하는 죽음을 선사할 수 있는 적이 누구겠냐?"

말이 끝나기도 전에 이극은 주이원이 말하고자 하는 바를 알아차렸다. 무림인들이 모두 죽은 중원에서 마종과 싸울 수 있는 세력은 하나뿐일 것이다.

"설마… 관군이 움직이기를 바라는 건가요?"

"그래."

주이원은 그답지 않게 짧고 굵은 대답을 던졌다. 이극의 온몸에 소름이 돋았다.

황제 휘하에는 수백만에 달하는 관군이 있다. 마종의 마인들이 아무리 강하다 한들, 잘 훈련된 관군 수백만을 당해낼 수는 없다. 물론 개개인의 무력은 비교할 수 없으니 관군도 큰 피해를 입을 것이다.

어느 모로 봐도 관군은 마종이 원하는 죽음을 선사해 줄 수 있는 유일한 상대다.

"하지만 여간해서는 관군이 움직일 일이 없을 텐데? 황실과 무림은 서로 불가침의 영역임을 인정한 거 아니었어?"

마침 주이원이 원하는 질문을 추영영이 해주었다. 주이원은 추영영이 아니라 박가를 향해 대답했다.

"그렇지. 박가야, 너라면 관군을 움직이기 위해 어떻게 하겠냐?"

"…무림인이 아닌 일반 백성들을 학살하겠지요."

"그래. 당연한 수순이야."

주이원은 손바닥으로 탁자를 가볍게 두드리며 말했다.

"박가야. 넌 백성들이 죽음을 당하는 동안에도 이 심처에서 유유자적하며 약초나 캐고 살 거냐?"

"아직 일어나지도 않은 일을 가지고 너무 단정적으로 말씀하시는군요. 지금 말씀하신 건 전부 예상이지, 실제로 일어난 일은 아니잖습니까."

"그럼 넌 그 일이 실제로 일어났습니다, 하고 알아야 비로소 나설 테냐? 무림인들이 모두 죽고, 나도 죽고 추 소매도 죽을 때까지 손 놓고 있다가 백성들이 좀 죽어야 나설 거난 말이다."

"정말 너무한 거 아니야? 이 피도 눈물도 없는 냉혈한아! 내가 죽어도 너만 귀찮게 굴지 않으면 괜찮다 이거지? 오, 그래, 다 알아봤어."

추영영이 합세하자 박가는 수세에 몰려 곤란해하는 기색이 역력했다. 사부가 곤란해하는 것은 흔히 있는 일이 아니라, 이극은 흥미롭게 사태의 추이를 지켜봤다.

박가가 말했다.

"다들 중원무림의 저력을 너무 얕보시는 것 아닙니까? 소림이 무너졌다고 하나 많은 명문정파, 명문세가가 건재하지 않습니까. 듣자하니 근자에 곽씨세가에 아주 대단한 인물이 나왔다던데, 그 이름이 뭐더라……?"

분명 들었는데 떠오르지 않아 답답할 때가 있다. 막 그러던 차에 이극이 소리 높여 말했다.

"곽추운, 곽 대협을 말씀하시려던 거죠? 파검룡협 말이에요!"

"그래. 분명 그런 이름이었지."

박가는 제자를 향해 빙그레 웃었다. 그런데 곽추운의 이름이 나오자 주이원과 추영영이 묘한 표정으로 서로를 바라보며 이야기했다.

"아직 그 소식도 못 들었나 보군."

"종려가 당한 것도 모르는데 그걸 들었겠어?"

두 사람이 나누는 이야기가 심상치 않았다. 박가는 아무렇지도 않았으나 이극이 오히려 안달이 났다.

"왜요? 무슨 소식인데요? 파검룡협에게 무슨 일이라도 벌어졌나요?"

추영영이 얼굴을 찌푸렸다.

"얘 왜 이래? 가만히 있다가 왜 갑자기 난리야?"

박가가 허허 웃으며 말했다.

"이해하시구려. 이 아이가 요새 그 파검룡협에게 푹 빠져 있으니 말이외다."

"그 애송이가 뭐가 좋다고 빠져?"

추영영이 애송이 운운하자 이극이 발끈하여 대들었다.

"애송이라뇨? 파검룡협은 유서 깊은 명문인 곽씨세가에서도 나온 적 없다는 엄청난 재능의 소유자예요. 당연히 곽씨세가의 차기 가주고, 처음 강호에 출도했을 때부터 후기지수가 아니라 기존의 고수 계보에 바로 편입됐을 정도라니까요? 정파의 기대를 한 몸에 받고 있는 청년 고수라구요."

"어이구… 그러셨어요? 몰라 뵈어서 참으로 송구스럽습니다요. 그런데 어쩌나? 그 잘난 파검룡협께서도 대마신 철염의 일초지적이 못 되었다던데?"

추영영은 이극을 애 다루듯 어르고 달래며 조롱했다. 추영영의 말에 이극은 큰 충격을 받았는지 그 자리에 굳어서 말도 제대로 잇지 못했다.

"파검룡협이… 당했다고요?"

추영영은 딱 잘라 말했다.

"그래. 다들 말렸는데도 기어코 싸우겠다고 철염을 찾아갔다가 본전도 못 찾고 꽁무니를 뺐다지 뭐냐? 그놈 하나 살리겠다고 곽씨세가 가주와 십대 장로 중 여덟이 몰살당하고 말이야. 덕분에 곽씨세가는 폭삭 망했지."

"그럴 리가……."

이극은 망연자실하여 어깨를 축 늘어뜨렸고, 박가는 그런 제자를 안쓰러운 눈으로 바라봤다. 주이원은 두 사제를 번갈아보며 말했다.

"어쨌든, 박가야. 네가 이제껏 산속에 숨어서 자유롭게 살아왔지만 앞으로는 그리하지 못할 것이다. 때를 놓치면 너만 더 힘들어질 뿐이야. 차라리 네 말대로 아직 정사의 많은 고수들이 건재할 때 나서서 그들을 규합하고 반격을 꾀하는 게 백번 나을 게다."

"내 생각도 그래. 우리라고 정파 떨거지들과 한데 뭉쳐 다니고 싶겠어? 하지만 이대로 있다가는 앉아서 당할 수밖에 없단 말이야."

추영영도 가세하여 박가를 설득했다.

추영영이나 주이원이나, 오로지 본신의 무공 하나를 가지고 강호를 독행하는 자들이다. 그런 그들이 무리를 형성해야 한다고 입을 모아 이야기하니 현 사태가 얼마나 심각한지 능히 짐작할 수 있었다.

박가는 한숨을 쉬며 말했다.

"하지만 내가 나선다고 뭐가 나아지겠습니까? 두 분이 대체 나를 어떻게 생각하는지 모르겠지만, 난 그렇게 대단한 놈이 아닙니다. 제발 이러지들 마십시오."

"네가 대단한 놈이 아니면 내가 이러고 있겠냐?"

"웃기시네. 어디서 약을 팔고 있어?"

박가의 간곡한 하소연은 씨알도 먹히지 않았다. 추영영과 주이원은 연신 움직이지 않는 박가를 비난했고, 그가 나서야 한다며 부추겼다.

그러나 박가는 눈을 감고 생각에 잠겨 있을 뿐 입을 열지 않았다. 이극은 그런 사부를 보고, 또 추영영과 주이원을 봤다.

사실 이극도 두 사람이 왜 사부를 찾아와서 이런 말을 하는지 알 수가 없었다. 산골에 틀어박혀 유유자적하는 사부의 무공이 그렇게 대단한 것인지, 역시 사부만 보며 사는 이극으로선 알 길이 없었던 것이다.

산은 밤이 빨리 오고, 또 빨리 물러간다. 날이 밝아 먼저 잠

자리에 들었던 이극이 일어나 보니, 세 사람은 여전히 설득과 반려를 반복하고 있었다.

'아줌마는 그렇다 치고 사부님과 주 선배님까지 밤을 새셨네? 힘들지도 않으신가?'

이극은 그리 생각하며 세 사람에게 문안 인사를 여쭈었다. 밤사이 논쟁이 얼마나 심화되었는지, 세 사람은 이극을 보고서야 날이 밝았다는 사실을 깨달았다.

"허, 이것 참. 벌써 날이 밝았어?"

"이 집은 닭도 안 키우고 뭐했어? 닭 우는 소리가 안 들리니 날 밝은 줄도 몰랐잖아!"

주이원과 추영영은 허탈해하거나 신경질을 냈다. 밤새 설득했음에도 박가가 은거를 계속하겠다는 뜻을 굽히지 않았던 것이다.

"쉬세요. 아침 해다 올릴게요."

두 사람 때문에 사부도 밤을 샜다는 원망에 이극의 말투가 퉁명스러웠다. 이극은 오두막을 나와 밖에서 불을 피웠다.

커지는 불씨를 눈에 담으며 이극은 지난밤에 들었던 이야기를 떠올렸다.

추영영과 주이원이 강호에서 어떤 위치를 차지하는지는 소년도 대충이나마 알고 있었다. 그런 두 사람이 상대도 안 될 것처럼 얘기하는 대마신 철염의 경지가 어느 정도인지, 이극으로선 상상조차 하기 어려웠다.

'사부님 정도 되려나?'

이극은 불쏘시개로 장작을 헤집으며 생각했다.

추영영과 주이원이 한 말의 문맥을 따지고 보면 사부가 그 무섭다는 대마신 철염과 동격인 것처럼 여겨지는 것이었다. 주이원은 대놓고 사부만큼 무서운 게 철염이라며 추켜세우지 않았던가?

생각은 자연스럽게 소년의 우상, 파검룡협 곽추운에게로 향했다. 젊은 나이에 강호에 출도하여 사파의 고수 여럿을 무릎 꿇린 정파의 신성(新星)도 역시 대마신 철염의 상대가 되지 않았던 걸까?

"그럼 사부님이 곽 대협보다 강하다는 얘긴데? …켁! 케켁!"

이극은 생각에 몰두하여 저도 모르게 중얼거리다 연기를 마시고 괴로워했다. 코끝을 매운 연기가 가득 채우고, 목젖 부근이 따끔거려 견딜 수 없이 괴로웠다. 이극은 바로 자리에서 일어났다.

"콜록! 콜록!"

이극은 눈물을 흘리며 기침을 해댔다. 생전 안 마시던 연기를 마셨다며 자책하던 소년의 시야에, 흐릿하게 사람의 형체를 한 그림자 서넛이 들어왔다.

이극은 얼른 눈물콧물을 닦고 다가오는 그림자를 다시 봤다. 네 명의 사내가 오두막을 향해 산길을 올라오고 있었다.

'꼭두새벽부터 웬 손님이람?'

이극이 다시 안력을 돋우어 보니 네 명의 사내 모두 무공을 익혔는지 발걸음이 가벼웠다. 특히 앞장선 자는 네 사람 중 가장 젊은 청년이었는데, 얼굴도 잘 생겼을 뿐 아니라 온몸에 흐르는 기상이 출중하여 인중룡(人中龍)이라는 말이 입에서 절로 튀어 나올 정도였다.

다만 미간에 서린 한줄기 어두운 빛이, 무언가 좋지 않은 일을 당하여 마음이 상한 듯 보였다.

네 사람은 곧 산길을 올라 오두막 앞에 섰다. 앞장선 청년이 삼십대로 가장 젊었고, 두 사람은 사십대 장년이요, 나머지 한 사람은 백발이 성성한 노인이었다.

장년인 중 하나가 손짓으로 이극을 불렀다. 손짓뿐 아니라 표정도 몹시 거만하여 썩 기분이 좋지 않았지만, 어쨌든 손님이라는 생각에 이극은 그에게 가까이 갔다.

이극이 다가오자 장년인이 물었다.

"여기 사느냐?"

자신이 누구인지도 밝히지 않고 대뜸 묻는 모양새가 심히 불쾌했다. 그래도 손님이고, 또 자신보다 연배가 많으니 이극은 내색하지 않고 대답했다.

"예. 여기가 제 집인데 무슨 일이시죠?"

"박씨 성을 가진 고인이 이 산중에 산다고 들었다. 아는 바가 있으면 바른대로 고하거라."

공손하게 대답했건만, 돌아오는 말은 몹시도 강압적이었다. 이극은 장년인을 노려보며 말했다.

"죄인 취조하십니까? 아무리 제가 어려도 기본적인 예의는 차리셔야 하는 거 아닌가요?"

"허? 이놈 봐라?"

이극의 맹랑한 말에 장년인은 기가 찼는지 헛웃음을 지었다. 앞장섰던 청년이 온화한 미소를 지으며 나섰다.

"소형제의 말이 맞습니다."

청년의 한마디에 장년인은 헛기침을 하며 한 발 뒤로 물러났다. 청년은 이극에게 포권의 예를 취하며 말했다.

"이보게, 소형제. 우리가 지금 마음이 급하여 본의 아니게 결례를 저질렀으니 부디 넓은 아량으로 용서해 주지 않겠나?"

청년이 아주 극진히 예의를 차리고 나서니 이극도 성질이 절로 누그러들었다. 이극은 머리를 긁적이며 말했다.

"저 화 난 거 아니에요. 그러니 용서하고 자시고 할 것도 없죠."

청년은 잘 생긴 얼굴로 웃어 보이며 말했다.

"우리는 박씨 성을 가진 고인의 거처를 찾아왔네단… 아무리 뒤져 봐도 주변에 사람 사는 집이라고는 여기밖에 없더군. 혹시 소형제는 그 고인에 대해 알고 있나?"

"고인인지는 잘 모르겠지만 암튼 이 근처에서 박씨 성을 가진 분은 저희 사부님밖에 없을 거예요."

이극의 말을 듣자 청년은 고개를 끄덕이며 뒤를 돌아봤다. 장년인들과 노인도 마주 고개를 끄덕이며 맞게 찾아온 것을 기뻐했다.

뒤의 세 사람과 달리 청년의 표정은 복잡해서, 기뻐하는 것인지 딱 알아보기가 어려웠다. 그러나 곧 청년은 다시 온화한 미소를 지으며 이극에게 말했다.

"알고 보니 고인의 제자셨군. 사부님께서는 처소에 계시는가? 우리가 너무 이른 시간에 찾아와 불편을 끼치는 건 아닌지 모르겠네만, 꼭 좀 뵙고 상의드릴 일이 있다네. 아주 중요하고 급한 일일세."

"사부님이야 처소에 계시죠. 하지만 최소한 댁들이 누군지 정도는 알아야 사부님께 여쭈어 볼 수 있지 않겠어요?"

청년은 고개를 끄덕이고, 다시 포권의 예를 취하며 말했다.

"나는 곽 모라고 하고, 부끄럽지만 강호 동도들 사이에서는 파검룡협이라는 이름으로 통하는 사람일세."

"예?"

이극은 매운 연기를 마셨던 것도 잊고 눈을 크게 떴다. 강호에 명성이 자자한 파검룡협, 그 동경의 대상이 눈앞에서 자신에게 포권의 예를 취하고 있는 것이다.

이것이 이극과 곽추운의 첫 번째 만남이었다.

"그만해."

차가운 목소리로, 이극은 추 부인의 말을 잘랐다. 떠올리기도 싫은 일들을 마치 어제 일인 것처럼 생생하게 떠들어대는 추 부인의 말을 더는 듣고 있을 수 없었다.

이극은 자리에서 일어나 유서현에게 말했다.

"말했지만 지금은 푹 쉬는 게 좋을 거야. 전쟁이 난 것도 아니니까 성문 봉쇄, 어차피 오래 못 해. 길어야 이틀이면 다시 열릴 거니까 걱정하지 말고. 그만 자."

이극은 유서현의 대답을 듣지도 않고 방을 빠져나갔다. 이극의 태도가 이상하다고 여긴 유서현이 추 부인을 돌아봤다. 추 부인은 혀를 차며 말했다.

"쯧쯧… 저거 아직도 저러네."

내내 듣고만 있었던 주 대인도 고개를 흔들며 말했다.

"생각만 해도 속이 뒤집어질 텐데 저 정도면 잘 참는 거지."

"무슨 일이죠? 아저씨가 왜 저러는 거예요?"

"주 선배 말이 맞아. 저 녀석에게는 가장 떠올리고 싶지 않은 일이었으니까."

"가장 떠올리고 싶지 않은 일……?"

선뜻 이해하지 못하고 유서현은 추 부인의 말을 되풀이했다. 추 부인은 그런 유서현을 보며 말했다.

"상상해 보렴. 자기 사부의 원수를 우상으로 삼고 동경했다는 게 얼마나 쪽팔리고 치가 떨리는 일인지 말이야."

蒼龍魂 창룡혼

1

 수십 채의 가옥과 인명을 집어삼킨 불길은 다음날 동이 틀 무렵에야 겨우 가라앉았다. 많은 무림맹원들이 최선을 다해 화재를 진압한 결과였다. 그리고 그 선두에는 무림맹주 곽추운이 있었다.
 중간에 한 차례, 잠시 휴식을 취했을 뿐 곽추운은 처음부터 끝까지 현장을 떠나지 않고 화재 진압을 지휘했다. 태어나 처음 보는 거대한 불을 구경하러 몰려든 이들은 최선을 다해 직접 불을 끄고 사람들을 대피시키는 곽추운을 보며 깊은 감명을 받았다.

유서현으로 인해 잠시 흔들렸던 곽추운의 명성이 다시금 제자리를 찾게 된 것이다.

그리고 화재가 모두 진압된 직후, 방화범을 수배하는 방이 성내에 깔렸다. 관부의 게시판은 물론 여염집의 담벼락까지 줄지어 붙은 수배지에는 방화범의 용모파기가 상세히 담겨 있었다.

"허, 참!"

주 대인의 수하가 가져온 수배지를 본 이극은 헛웃음을 터뜨렸다. 수배지에 담긴 방화범의 용모파기가 몹시도 익숙했던 것이다.

방화범의 이름은 이극이요, 직업은 정해진 것 없다는 것이 수배지의 내용이었다. 그 외에 키가 크다든지, 얼굴 생김새는 얼추 그럴 듯하여 누구라도 알아볼 수 있도록 잘 만들어져 있었다.

이극은 수배지를 구기며 크게 화를 냈다.

"어디서 말도 안 되는 수작을! 정해진 직업이 왜 없어? 내가 백수야? 무슨 날건달인가?"

추 부인은 구겨진 수배지를 빼앗아 펼쳐 보았다. 손바닥으로 구김을 펴보니 쭈글쭈글하기는 해도 잘 그린 이극의 얼굴이 나타났다.

"이거 너무 잘 생긴 거 아냐? 실물보다 훨씬 낫다."

"허어! 네놈, 얼굴 까고 돌아다녀도 무탈하겠구나. 쯧쯧… 곽가 녀석, 거 돈 좀 써서 솜씨 좋은 화공을 고용할 것이지. 맹주라는 놈이 이렇게 통이 작아서 조직이 제대로 돌아가기나 할까 걱정이구만."

"비슷하긴 하네요."

주 대인과 유서현도 각자 한마디씩을 던졌다. 그나마 유서현의 말이 이극을 거드는지라 이극은 기꺼워하며 말했다.

"그래도 내 편을 들어주는 건 아가씨밖에 없네."

"구겨져 있어서 비슷한 것 같은데……."

"뭐?"

뜻밖의 일격에 이극은 어안이 벙벙했다. 유서현이 그런 말을 할 줄은 꿈에서 생각지 못했던 것이다. 이극은 정신을 차리고 고개를 절레절레 흔들었다.

"저 마두들이랑 같이 있다 보니 아가씨도 타락했군. 머릿속이 시커멓게 물들었어!"

유서현과 추 부인은 누가 먼저랄 것도 없이 서로를 바라봤다. 추 부인이 반달 같은 눈을 하고 먼저 소리 내어 웃자 유서현도 따라서 웃었다. 까르르르— 화사한 웃음소리가 이극의 비밀 거처를 가득 채웠다.

추 부인과 함께 이극을 놀리며 웃고 있었지만, 그래도 유서현은 마음 한 구석이 싸하게 아려왔다. 지난 밤 이극이 나가고 난 후 들었던 추 부인의 목소리가 귓가를 맴돌고 있었던 것이다.

"사부의 원수를 동경하고 우상으로 삼았다는 게……."

 추 부인의 이야기는 그것으로 끝이었다. 아무래도 본인이 없는 자리에서, 원하지 않는 이야기를 하기가 마음에 걸렸던 것이다.
 어쨌든 유서현은 이극과 곽추운, 두 사람이 몇 번 얼굴만 본 사이가 아니었음은 확실히 알 수 있었다. 자세한 내막은 몰라도 사부의 원수라니, 얼굴만 몇 번 본 사이라는 이극의 말은 거짓이 틀림없었다.
 유서현은 이극이 자신에게 거짓말을 했다는 사실이 서운했지만, 그렇다고 단순히 서운하기만 한 것은 아니었다. 아무렇지도 않게 행동하는 이극을 보는 소녀의 마음은 여러 감정이 뒤섞여 하나로 정의내릴 수 없도록 복잡했다.
 수배지 하나로 한바탕 웃고 떠들던 중, 수배지를 가져왔던 주 대인의 수하가 돌아왔다. 방 안으로 뛰어 들어온 수하의 얼굴은 파랗게 질려 있었고, 숨은 턱 끝까지 차올라 있었다. 수하는 숨을 고르지도 못하고 다급히 말했다.

"대인! 크, 큰일 났습니다!"

"무슨 일인데 그리 호들갑이냐?"

"무림맹 놈들이 전당포로 들이닥쳐 주인님을 찾았습니다! 물건은 모두 압수당했고, 종업원들도 모두 잡혀갔습니다. 전당포에 있는 사람은 죄다 잡으라고 명을 받았는지 손님들도 여럿 끌려갔습니다요."

"뭐?"

주 대인의 눈썹이 꿈틀거렸다.

"무림맹이 내 전당포를 왜 건드려?"

"나 때문이군."

중얼거리는 이극을 추 부인이 돌아봤다.

"너 혹시… 곽가 놈한테 들킨 게냐?"

"들키고 자시고 할 게 있나. 처음에만 좀 긴가민가했지, 잘도 알아보던데? 내 주변을 싹 헤집어 놓을 건 예상했지만 이렇게 빨리 할 줄은 몰랐어."

이극은 두 손으로 제 머리를 마구 헝클어뜨리며 자책했다. 추 부인은 어이가 없어 멍하니 이극을 바라보다, 곧 이극의 등짝을 사정없이 후려쳤다.

"으이그, 이 화상아! 곽가 놈이 널 얼마나 봤다고 잘도 알아보겠다! 네놈이 뭔가 빌미를 줬으니까 기억해 낸 거겠지! 아니냐? 아님 아니라고 말해봐라, 이 등신아!"

짝! 짝! 추 부인의 손바닥이 찰진 소리를 내며 이극의 등을 쳤다. 그 손이 어찌나 매운지, 이극은 몇 대 버티지 못하고 몸을 피하며 소리쳤다.

"아프잖아!"

"그럼 아프라고 때리지, 왜 때리겠냐? 이리 와, 넌 좀 더 맞아야겠다."

추 부인이 잡아먹을 듯 무서운 얼굴을 하고 다가왔다. 이극은 벽에 등을 딱 붙이고 말했다.

"이러고 있어도 돼? 전당포가 털렸는데 자기 집은 걱정되지도 않아?"

"맞다! 내 집!"

이극의 지적에 추 부인은 깜짝 놀라 소리쳤다. 추 부인은 이극을 무시하고 당장 밖으로 뛰쳐나갔다. 추 부인이 사라지자 이극은 겨우 방 가운데로 나와 등을 어루만졌다.

"아윽… 아파 죽겠네. 하여간 손 하나는 맵다니깐."

이극은 추 부인에게 맞은 부위를 확인하며 얼굴을 찡그렸다. 그런데 유서현이 이극에게 말했다.

"오공은 괜찮을까요?"

"오공?"

전당포에 들른 손님까지 잡아갔다고 하니, 추 부인의 공동주택도 먼지 한 톨 남기지 않고 깡그리 조사당할 것이다. 유서현은 이극의 방에서 홀로 주인을 기다리고 있을 오공의 안위가 걱정스러웠다.

반면 이극은 대수롭지 않게 말했다.

"원숭이를 누가 잡아간다고 그래? 그리고 그놈이 좀 빨라? 걱정하지 마. 알아서 잘 도망칠 테니까."

이극이 안심시켰지만 유서현은 걱정을 거둘 수 없었다. 게다가 방금 뛰쳐나간 추 부인은 또 어떻게 할 것인가?

그러나 이극이나 주 대인이나, 태연하게 의자에 앉아 있기만 할 뿐 누구 하나 걱정하는 기미조차 보이지 않았다. 유서현은 침상에서 내려와 겉옷을 두르고 이극이 주었던 검을 챙겨 등 뒤에 맸다.

"뭐하는 거야?"

"아무래도 가만히 있을 수가 없어요. 가봐야겠어요."

"간다고? 어딜?"

유서현은 이극의 무심한 질문을 듣자 버럭 큰 소리를 쳤다.

"어디긴 어디예요! 오공이가 걱정된다는데! 어쩜 사람이 그래요? 오공도 오공이고, 추 아주머니가 혼자 나가셨는데 걱정이 안 돼요? 아저씨 그런 사람이었어요?"

"……?"

갑자기 유서현이 소리를 지르자 이극은 놀라기도 하고 황당하기도 하여 말문이 막혔다. 유서현이 왜 화를 내는지 도무지 알 수가 없었던 것이다.

'그런 사람이 대체 무슨 사람이야?'

따지고 싶은 마음을 꾹 참고, 이극은 일단 유서현을 달래기로 했다.

"나라고 걱정이 안 되는 건 아닌데, 오공이 누구한테 붙잡힐 그런 원숭이는 아니야. 그리고 무림맹이 할 짓이 없어서 원숭이나 잡고 있겠어?"

"그럼 추 아주머니는요?"

"그 사람 걱정을 왜 해?"

"정말… 됐어요. 제가 갈 테니 여기 잘 숨어 계세요."

유서현은 냉랭히 쏘아붙이고 밖으로 나갔다. 이극은 황당하여 유서현이 열고 간 문을 바라보다, 주 대인과 그 수하를 돌아보고 말했다.

"내가 뭐 실수한 거 있습니까?"

늙고 젊은 두 사내는 좌우로 고개를 저었다. 그들이라고 유서현의 속을 알 리 없었다.

"아, 나… 황당하네."

이극은 헝클어진 머리를 다시 한 번 헤집으며 중얼거렸다.

* * *

"빨리 빨리 움직이지 못해!"

고약한 호통 소리가 추 부인의 공동주택을 뒤흔들었다. 공동주택의 문으로부터 포승에 묶인 사내들 수십 명이 줄지어 나오고 있었다. 일부는 옷도 제대로 챙겨 입지 못하고 심지어 맨발인 자도 여럿이었다.

이들은 모두 공동주택의 세입자들이었는데, 가만히 집에 있다가 날벼락을 맞은 것이다. 당연히 자신들이 왜 이런 봉변을 당하는지도 모르고 겁에 질린 채 이끄는 대로 끌려가는 중이었다.

일단 세입자들을 모두 잡아 끌어내고 빈 공동주택 안을 무림맹원들이 구석구석 조사하기 시작했다.

조사 및 연행의 책임자인 홍예군(洪銳軍)은 일 층부터 옥상까지 모든 곳을 돌아다니며 수하들을 다그쳤다.

"먼지 한 톨이라도 놓치는 게 있으면 안 된다! 수상쩍어 보이는 것은 무엇이든 확보하여 본영으로 가져갈 것이다!"

"예!"

힘찬 대답을 들으며 홍예군은 복도에 나란히 선 문 중 하나를 열고 들어갔다. 그들이 잡고자 하는 표적, 방화범 이극의 방이었다.

이극의 방 안에는 이미 두 명의 맹원이 조사를 진행하고 있었다. 홍예군은 먼지 한 톨 놓치지 말라는 말을 반복하여 수하들의 주의를 환기시키고, 자신도 안력을 돋우어 방 안 구석구석을 살피기 시작했다.

"…음?"

무언가 기척이 느껴져서 홍예군은 고개를 들었다. 천장에 설치되어 지붕을 떠받치는 나무 구조물 위에서 머리만 쏙 내밀고 아래를 살피던 원숭이가 눈에 들어왔다. 오공이었다.

홍예군과 눈이 마주치자 오공은 화들짝 놀라 머리를 숨겼다. 홍예군은 미간을 찌푸리고 오공이 있던 곳을 노려보다가, 성큼 걸음을 걸어 나무 기둥 앞에 섰다.

"합!"

홍예군은 기합을 지르며 나무 기둥에 손바닥을 대고 내력을 밀어 넣었다. 그러자 나무 기둥과 연결되어 있던 구조물 위에서 날카로운 소리가 났다.

"꺅!"

홍예군이 펼친 격산타우의 수법에 충격을 받은 오공이 나무 구조물 위에서 떨어졌다. 홍예군은 떨어지는 오공을 낚아채 수하에게 던졌다.

"놈이 키우던 원숭이다. 일단 확보한다."

이극에 대해 조사하며 수집한 정보 중에는 종종 원숭이를 데리고 다니며 사과를 사 주었다는 증언이 있었다. 홍예군은 그것을 기억하고 있었던 것이다.

"예!"

수하는 작은 자루 안에 오공을 집어 넣고 주둥이를 묶었다. 속에서 오공이 난리를 피웠지만, 자루 위로 매를 맞자 곧 얌전해졌다.

오공을 제외하면 이극의 방에는 특별할 것이 없었다. 홍예군은 미리 잡아놓은 세입자들을 확인하기 위해 밖으로 나갔다. 그런데 계단을 채 다 내려가기도 전에 바깥에 어수선한 소리가 들리는 것이었다.

막 밖으로 나온 홍예군의 눈에 동글동글한 인상의 중년 부인이 들어왔다. 봉변을 당하고 있는 공동주택의 주인, 추 부인이었다.

"부인, 이러지 마시고 순순히 지시에 따라주십시오."

추 부인의 옆에는 무림맹원들이 곤란해하며 말로 설득하고 있었다. 제 가슴팍에도 오지 않는 작은 체구의 중년 부인에게 감히 손 댈 엄두를 내지 못하고 있는 것이었다.

추 부인은 그런 맹원들을 무시하고 주변을 둘러보다, 홍예군과 눈이 마주치자 성큼성큼 걸어 그의 앞을 가로막고 섰다.

"당신이 책임자야?"

홍예군은 다짜고짜 반말을 날리는 추 부인을 무시하고, 맹원들에게 물었다.

"무슨 일이냐?"

"이 집의 주인이랍니다. 왜 쳐들어와서 행패를 부리냐고 극렬히 항의하는데, 여인이다 보니 어찌할 수가 없어서……."

홍예군은 가차없이 자초지종을 설명하던 수하의 머리 위에 질책을 퍼부었다.

"멍청한 놈! 이 집의 주인이라면 가장 중요한 인물인데, 여인이 다 무슨 상관이냐! 당장 포박해라!"

상관의 엄명이 떨어졌으니 맹원들도 주저하지 않고 추 부인의 몸을 붙들었다. 건장한 청년들에게 붙들린 추 부인은 날카로운 눈으로 홍예군을 쏘아보며 말했다.

"이게 지금 무슨 짓이지? 난 방화범한테 방만 빌려줬을 뿐인데, 그것도 죄가 되나? 그리고 방화범을 잡으려거든 관원들이 나서야지, 당신들이 뭔데 나서서 이 난리를 피우는 건데? 천하의 무림맹이 이래도 되는 거야?"

작고 연약해 보이는 추 부인이 강하게 말했다. 이때 주변에는 사람들이 몰려와 무슨 일인가 지켜보고 있었으니, 해명없이 잡아간다면 또 무슨 추문이 날지 몰랐다.

"이극이라는 놈이 보통 방화범이 아니기 때문이오."

"뭐?"

홍예군의 말이 나오자 추 부인은 미간을 찌푸렸다. 홍예군은 추 부인이 아니라 몰려든 사람들을 향해 말했다.

"방화를 저질러 수많은 인명과 재산을 불태운 이극이란 놈은 결코 일반 범죄자가 아니오! 맹이 자체적으로 실시한 조사에 따르면, 놈은 마종의 잔당과 모종의 관계가 있소!"

"……!"

홍예군의 입에서 '마종'이라는 두 글자가 나오자 몰려든 사람들의 얼굴이 삽시간에 흙빛으로 물들었다. 십오 년이 지났지만 아직도 많은 이들이 마종이 불러일으켰던 혈풍(血風)을 기억하고 있었던 것이다.

"마종은 무림의 공적(公敵)이자 본 맹의 주적(主敵)이오! 따라서 본 사건은 단순 방화가 아니라 마종의 부활을 꾀하는 음모와 연관이 있다는 게 본 맹의 판단이외다! 때문에 조사에 있어 남녀노소를 가릴 계제가 아님을 알아주시오!"

홍예군의 말이 끝나자 몰려든 이들은 고개를 끄덕였다. 그리고 추 부인과 포박당한 세입자들을 보는데, 그 눈빛이 방금 전과 판이하게 달랐다.

정확히 밝혀진 것도 아니건만, 마종의 잔당이라고 낙인이라도 찍혔는지 사람들은 두려움과 경멸의 감정이 섞인 시선으로 추 부인들을 바라보는 것이었다.

그 노골적인 적개심에 놀란 몇몇 세입자들은 묶인 두 손을 흔들며 자신은 마종과 아무런 관계가 없음을 주장했다. 그러나 그들의 몸짓은 군중들의 시선을 바꾸는 데 아무런 영향도

끼치지 못했고, 도리어 지키고 있던 맹원들에게 강제 진압당하는 결과를 불러왔다.

"악! 아악!"

공동주택의 세입자 대부분은 무공의 무자도 모르는 일반 백성들이다. 무림인과 스치기만 해도 사흘은 드러누워야 할 자들이니, 그 위로 쏟아지는 주먹질을 당해낼 재간이 없었다.

마종이 아니라고 소리치고 몸부림치던 세입자들은 비명을 지르며 그 자리에서 실신하고 말았다.

홍예군은 턱짓으로 추 부인을 가리키며 수하들에게 명령했다.

"이 여자도 묶어놨다가 데려가라."

"예, 예!"

수하들은 즉시 대답하고 추 부인을 포박했다. 그리고 세입자들을 세워놓은 곳으로 데려가려고 하는데, 포박을 당한 후에 반항을 하려는 것인지 움직이질 않았다.

"아줌마, 일단 갑시다. 가서 조사 받자구요."

맹원 중 하나가 안쓰러웠는지 부드럽게 설득했다. 그러나 추 부인은 아까부터 푹 숙이고 있던 고개도 들지 않고 맹원의 말을 무시했다.

"이 아줌마가……?"

결국 추 부인을 붙잡고 강제로 움직이게 하려던 맹원의 표정이 돌변했다. 추 부인의 다리가 뿌리라도 박았는지 땅에서 떨어지질 않는 것이었다.

"이익… 억!"

얼굴이 새빨개지도록 용을 써서 추 부인을 끌어당기던 맹원이 돌연 큰 소리를 지르며 나가떨어졌다.

"……!"

급작스러운 사태에 다소 어수선하던 장내가 삽시간에 고요해졌다. 몸을 돌려 다시 공동주택 안으로 들어가려던 홍예군이 몸을 돌려보니, 모든 사람들의 시선이 추 부인을 향해 있는 것이었다.

"이게 무슨……?"

수하들을 다그치던 홍예군이 문득 입을 닫았다.

쉬이이익—

일찍이 느껴본 적 없는 살기가 홍예군을 덮쳤다. 살기는 아주 가늘고 날카로운 가시처럼 홍예군의 모공 하나하나마다 날아와 박혔다.

홍예군은 힘겹게 고개를 돌려 살기의 근원지를 찾아냈다. 홍예군의 시선이 가 박힌 곳에는 포승에 묶인 채 고개를 숙이고 서 있는 중년의 부인이 있었다.

추 부인은 고개를 숙인 채 중얼거렸다. 아주 작고 낮은 음성이었지만, 마치 귓가에 대고 속삭이는 것처럼 좌중의 모두가 똑똑히 들을 수 있었다.

"감히… 감히 날더러 마종의 잔당이라고?"

2

고개를 든 추 부인의 눈에서, 날카로운 빛이 사방으로 뿜어져 나갔다. 일반인뿐 아니라 맹원들조차 추 부인의 살기를 감당하지 못하고 뒷걸음질 쳤다. 개중에는 그 자리에 털썩 주저앉은 자도 있었다.

"어찌 이런 일이……?"

유일하게 제자리를 고수하고 있던 홍예군도 거대한 살기에 압도당하기는 매한가지였다. 눈앞에서 벌어지고 있는 광경을 믿을 수 없어 중얼거리던 홍예군에게 추 부인의 시선이 날아와 꽂혔다.

"……!"

날이 바짝 선 검이 살갗에 닿은 듯 섬뜩한 감각이 홍예군을 위협했다. 홍예군은 눈빛만으로 사람을 죽일 수 있다는 이야기가 마냥 허황된 것이 아님을 깨달았다. 추 부인의 시선을 받은 순간, 사지가 돌처럼 굳어 미동조차 할 수 없었던 것이다.

"너!"

추 부인은 위협적인 어조로 홍예군을 지목했다.

"방화범이 마종의 잔당이라느니, 부활을 꾀한다느니 하는 말은 어디서 나온 거냐. 바른 대로 고해라!"

"그, 그것은 어디까지나 본 맹의 조사한 결과로……."

"닥쳐!"

추 부인은 날카롭게 외쳤다.

"불이 난 게 바로 어제다! 불과 하루 만에 조사가 거기까지 이루어졌다는 걸 믿을 수 있단 말이냐!"

추 부인의 고함 소리에 홍예군의 기혈이 뒤엉켰다. 내상을 입은 홍예군의 입가에 선혈이 흘렀다.

"크윽……! 그리 말해 봤자 나는 모르는 일이오!"

"흥! 네놈들은 항상 그런 식이지! 그게 마종이든 무엇이든, 일단 흙탕물을 끼얹고 아니면 몰랐다는 식으로 넘어가는 것. 이젠 지긋지긋하다!"

추 부인은 그리 말하며 홍예군을 향해 손을 뻗었다. 그때, 누군가 구경꾼들의 머리를 뛰어넘어 추 부인에게로 날아왔다.

쉬익―!

날아온 중년인의 손에는 한 자루 검이 들려 있었다. 하늘 높이 치켜든 검날이 빠르게 추 부인의 머리 위로 내려왔다. 추 부인의 작은 몸을 두 쪽으로 갈라 버리기에 충분한 위력을 지닌 일검이었다.

"……?"

추 부인의 눈에 묘한 빛이 떠올랐다. 중년인과 추 부인의 사이에 그림자 하나가 솟아난 것이다.

카앙!

추 부인의 머리 위에 푸른 불꽃이 번쩍였다.

검격이 막히자 중년인은 뒤로 공중제비를 돌아 안착했다. 각진 턱과 굳게 닫힌 입술. 쌍검량사 중 일인인 노도운이었다.

"노 사부!"

추 부인으로부터 전해지는 압력이 풀리자 홍예군은 휘청거리며 노도운을 불렀다. 그러나 노도운은 홍예군에게 눈길 한 번 주지 않았다.

그의 시선은 자신의 검을 막아낸 소녀, 유서현에게 꽂혀 있었다.

유서현은 제 등 뒤에 추 부인을 감추고, 노도운에게서 시선을 떼지 않으며 물었다.

"괜찮으세요?"

유서현이 막 도착했을 때에는 노도운의 검이 이미 추 부인의 머리 위로 내려오던 찰나였다. 얼마나 급했는지, 유서현은 자신이 어떻게 짧지 않은 거리를 순식간에 좁혀 추 부인을 지켰는지 기억도 나지 않았다.

추 부인도 놀란 눈으로 유서현을 바라보다가 아련한 미소를 지으며 대답했다.

"괜찮다마다. 너도 참… 옛날 생각이 나게 만드는구나."

"예?"

추 부인의 말이 무슨 뜻인지 몰라 유서현이 반문했다. 그때, 노도운의 신형이 흔들리더니, 용수철처럼 튕겨 날아왔다.

카캉!

귀를 쑤시는 금속성 소리와 함께 허공에 불꽃이 일었다. 유서현은 이를 악물고 검신을 타고 전해지는 노도운의 공력에 대항했다.

그때, 유서현의 귓가에 추 부인의 전음이 전해졌다.

[조심하렴.]

추 부인의 전음과 동시에 횡으로 다가오는 살기가 유서현의 전신을 엄습했다. 유서현은 힘을 주어 노도운의 검을 밀어내며 재빨리 옆구리에서 베어오는 또 다른 검격을 막아냈다.

카앙!

노도운과는 다른, 그러나 비슷한 압력의 힘이 검신을 통해 전해졌다. 튀는 불꽃 틈으로 역시 노도운과 비슷한 인상의 중년인이 엿보였다. 쌍검량사의 다른 한 사람, 왕반산이었다.

"흡!"

상대가 두 사람이니 그중 하나와 대치 국면을 이어가는 것은 패배를 자초하는 일이다. 유서현은 숨을 들이마시며 검을 회수했다.

쉬쉬쉭—!

노도운과 왕반산의 검이 서로 다른 궤도를 그리며 유서현의 요처를 찔러 들어왔다. 하나는 현란하고 또 다른 하나는 진중하니 상대하는 입장에서는 이보다 까다로울 수가 없었다.

그러나 유서현은 침착하게 쌍검랑사의 합격을 막아냈다. 강하지만 느린 노도운의 검을 종이 한 장 차이로 피하며, 동시에 빠르지만 가벼운 왕반산의 검을 막아냈다. 일련의 동작이 물 흐르듯 자연스럽고 무리에 어긋남이 없어 쌍검랑사는 물론 유서현 자신조차 놀랄 정도였다.

'몸이 생각대로 움직여 주고 있어?'

놀라는 동안에도 쌍검랑사의 공세는 계속되었다. 순식간에 십여 초가 지났지만 유서현은 피하고 막기를 반복하며 쌍검랑사의 공격을 무력화시켰다.

십 초가 지나고 이십 초, 삼십 초가 지나자 유서현은 쌍검랑사의 공격을 막는 와중에 간간히 반격을 할 정도로 여유를 찾았다. 상대의 검로가 환히 보이고, 다음 수와 대응할 수가 어느 정도 예측이 가능해지니 절로 신이 나고 몸놀림이 더욱 가벼워졌다.

유서현은 바로 어제, 목숨을 걸고 쌍아대의 수많은 고수들과 격전을 치렀다. 비록 상대를 죽이지는 못했지만, 그 지옥 같은 현장에서 살아남은 것만 해도 놀라운 일이었다.

더구나 획일화되지 않은 전투요원들의 집단인 쌍아대의 성격상, 유서현은 어제 하루만 백 가지가 넘는 유형의 상대와 실전을 치를 수 있었다. 따라서 어제 하루 동안 유서현은 일 년의 수련을 능가하는 성취를 이루게 된 것이다.

카앙! 캉!

세 자루 검이 허공에서 얽히고 서로 떨어지기를 반복하며 사방에 불꽃을 피웠다. 일 대 이의 싸움은 어느덧 오십 초를 지나고 있었다.

오십 초가 지나도록 어린 계집 하나를 제압하지 못하자 쌍검랑사의 마음이 조급해졌다. 두 사람은 서로 눈빛을 교환한 후 진기를 끌어올려 합벽의 절초를 펼쳐 냈다.

"하압!"

기합 소리와 함께 두 자루 검이 서로의 검신을 겹치며 하나가 되어 유서현에게로 쏘아졌다. 서로 다른 사문에서 검을 배우고 스스로 일가를 이룬 뒤 만난 두 사람이 만들어낸 절초, 쌍기관일(雙氣貫一)이었다.

우우웅—

하나가 된 검격은 흰 빛을 발하며 유서현을 핍박했다. 두 사람의 공력이 하나가 되어 덮치니, 제아무리 유서현이라도 상대할 재간이 없었다.

'어떻게 해야 하지? 어떻게 해야 해?'

하늘 끝까지 올랐던 자신감이 사라지고, 아찔한 죽음의 예감이 소녀를 강타했다. 그때, 추 부인의 부드러운 목소리가 들려왔다.

"걱정하지 말려무나."

추 부인의 손이 유서현의 등에 와 닿았다. 그리고 그 손바닥을 통해, 막대한 공력이 유서현의 안으로 밀려 들어왔다.

"마음껏, 크게 휘두르렴."

추 부인의 말대로 유서현은 두 손으로 검을 쥐고 힘껏 휘둘렀다. 유서현의 검신에 푸른 기운이 일렁이더니, 허공에 빛의 궤적을 그렸다.

콰콰콰쾅—!

굉음과 함께 쌍검랑사, 두 사람이 피를 토하며 뒤로 나가떨어졌다.

"……!"

아무렇게나 휘두른 일검으로 쌍검랑사의 절초를 무너뜨린 유서현은, 스스로도 믿기지 않는 듯 검과 자신의 손을 번갈아 보며 눈을 크게 떴다.

순간적으로 밀려 들어와 발출했던 압도적인 공력. 그 여운이 몸 안에 남아 있었다. 유서현은 잠시 그 여운을 즐기다 퍼뜩 정신을 차리고 뒤를 돌아봤다. 이 거대한 내공의 주인이 바로 그녀의 뒤에 있었던 것이다.

"아주머니……!"

놀라며 추 부인을 부르던 유서현은 돌아본 순간 그 자세 그대로 돌처럼 굳어버렸다.

불타는 듯 붉은 머리카락과 푸른빛이 감도는 눈. 여자로선 큰 편인 유서현과 거의 같은 눈높이를 가진 늘씬한 미녀가 추 부인이 있던 자리에 서 있었다.

붉은 머리카락의 미녀는 생글거리며 두 팔을 벌려 유서현을 안았다. 엉겁결에 안긴 유서현의 얼굴이 미녀의 풍만한 가슴에 묻혔다.

기분을 좋게 만드는 살 내음이 유서현의 코를 간질였다. 그런 소녀의 귓가에 추 부인의 목소리가 들려왔다.

"어쩜 이렇게 이쁠 수가 있니! 정말 잘했다, 아가!"

"에……?"

유서현은 깜짝 놀라 고개를 들었다. 그러나 그곳에는 여전히 처음 보는 붉은 머리카락의 미녀가 웃고 있었다. 그 미소 위에 추 부인의 미소가 겹치고, 유서현은 저도 모르게 중얼거렸다.

"아주머니… 세요?"

붉은 머리카락의 미녀, 추영영은 활짝 웃으며 다시 유서현을 안았다.

"그래, 나야! 아가!"

장장 십오 년 만에 본래의 모습으로 돌아간 추영영은 유서현을 다시 품 안에 꼭 끌어안았다. 그런 두 사람에게 나가떨어졌던 쌍검량사 두 사람이 검날을 세우며 달려들었다.

"흥!"

추영영은 코웃음을 치며 집게손가락을 세워 앞으로 내밀었다.

우우웅—

추영영의 긴 손가락 끝에 붉은 광구(光球)가 맺히더니, 마치 화살처럼 쏘아져 날아갔다. 붉은 빛은 가는 줄기를 이루어 날아갔고, 달려들던 왕반산의 이마를 관통했다.

"커헉!"

이마에 작은 구멍이 뚫린 왕반산은 외마디 비명을 남기고 쓰러졌다. 다시 추영영의 손가락에서 붉은 빛줄기가 이번에는 노도운을 향해 날아들었다.

터엉!

붉은 빛줄기는 노도운의 검을 때리고 각도를 틀어 하늘 높이 사라졌다.

왕반산의 죽음은 노도운에게 있어 안타깝지만 다행스러운 일이었다. 덕분에 이상을 감지한 노도운은 황급히 검을 들어 붉은 빛줄기를 막아낼 수 있었던 것이다.

그러나 살아 있는 기쁨을 느낄 여유 따윈 없었다. 노도운은 자신을 향해 날아온 붉은 빛줄기의 정체를 떠올렸다.

"설마 이건… 혈지선(血指線)……?"

호구가 찢어져 피가 나는 것도 돌보지 않고 노도운은 중얼거렸다. 조금도 동요치 않을 것 같던 단단한 얼굴이 경악으로 물들어 있었다.

마종의 공세에 밀려 풍전등화(風前燈火)와 같은 운명에 처했을 때, 비로소 중원무림은 반목과 대립을 넘어 파검룡협 곽추운을 중심으로 하나가 되었다. 정사의 내로라하는 고수들이 힘을 모아 대항하기 시작한 것이다.

화합의 장은 마종이 무너진 후에도 지속되었다. 곽추운은 하나 된 무림을 만들고자 하였고, 결국 사람들을 설득하여 정사일통의 무림맹을 세우는 데 성공했다. 마종이라는 공통의 적에 맞서 함께 싸운 기억이 양 진영을 하나로 아울렀고, 더 나아가 정사 구분이 무의미해진 시대로 이어진 것이다.

그러나 모든 사람들이 시대의 흐름에 몸을 맡기는 것은 아니다. 곽추운과 함께 싸웠던 자들 중 몇몇은 그와 동참하기를 거부하였고, 더러는 무림을 떠나기도 했다.

특히 자유분방한 삶을 영위해 왔던 사파의 사람들 가운데 그런 경우가 많았다.

천하는 곽추운과 무림맹이 발하는 빛에 시선을 빼앗겼고, 사라진 자들의 이름은 어둠 속에 묻혀 금세 지워져 갔다. 단지 그 편린(片鱗)만이 남아 망령처럼 사람들의 기억 속을 떠돌 뿐이었다.

그래. 그랬어야 했다.

기억 속에서 떠도는 편린 중 한 조각을 끄집어낸 노도운의 얼굴에 식은땀이 흘렀다. 혈지선이라는 편린을 건져 내자, 따라 나온 이름이 있었던 것이다.

"설마……?"

그리고 저 타는 듯 붉은 머리카락.

노도운은 크게 소리쳤다.

"적발마녀!"

추영영은 한 팔로 유서현을 끌어안은 채 웃으며 대답했다.

"그래. 내가 적발마녀 추영영이다."

대답과 동시에 추영영의 다섯 손가락 끝에 각각 붉은 광구가 맺혔다. 노도운은 검을 고쳐 쥐며 크게 소리쳤다.

"맹우(盟友)들은 어서 피하시오! 어서!"

노도운의 외치기 무섭게 다섯 가닥의 빛줄기가 사방으로 뻗어나갔다.

3

"으악!"
"커헉!"
짧은 비명을 지르며 네 명의 무림맹원들이 쓰러졌다. 저마다 추영영의 손가락으로부터 뻗어나간 붉은 빛, 혈지선의 수법에 당한 것이다.

유일하게 혈지선을 막아낸 노도운은 두 눈을 부릅뜨고 외쳤다.

"이 마녀! 어디 숨어 있다가 이제야 모습을 드러낸 것이냐!"

사람들에게서 적발마녀라는 이름은 잊혀졌으되 한 번의 손짓으로 네 사람을 죽인 혈지선의 수법은 눈앞의 현실이다. 몰려들었던 군웅들은 겁에 질려 사방으로 흩어졌다.

추영영은 손가락을 활짝 펴 앞뒤로 뒤집어 보았다.

십오 년 만에 시전한 혈지선이다. 빛줄기를 두 번이나 날리고도 노도운을 죽이지 못한 것은 너무 오랫동안 자신을 봉인했기 때문이었던가 싶어 추영영은 저 손을 곰곰이 바라봤다.

그러나 아무리 봐도 이상이 없다 싶었는지, 추영영은 노도운을 향해 말했다.

"나름 한가락 하는 놈이구나?"

노도운이 보기에는 그리 말하며 웃는 추영영의 얼굴이 피에 굶주린 귀신과 별반 다르지 않았다. 추영영은 중원의 여인들에게서 보기 힘든 고혹적인 미소를 지으며 다시 한 번 손가락을 펼쳤다.

혈지선의 붉은 빛줄기가 사방으로 날아갔고, 그럴 때마다 무림맹원들의 시체가 늘어갔다.

"홍 대주! 어서 대원들을 물리시오! 상대가 적발마녀라면 헛된 희생만 늘 뿐이오!"

"예, 예!"

노도운이 재차 종용하자 홍예군도 정신을 차리고 수하들을 후퇴시켰다. 그러나 이미 절반 이상이 시체가 되어 쓰러져 있었다.

"어딜!"

추영영은 몸을 날려 홍예군의 목덜미를 잡아챘다.

"홍 대주를 놓아줘라!"

노도운이 다시 소리치며 추영영에게 달려들었다.

"흥!"

추영영은 노도운을 힐끗 보고 코웃음을 쳤다. 그녀의 손에 붉은 빛이 맺히더니, 매섭게 날아드는 검을 쳐냈다. 붉은 수강(手罡)의 위력은 일반 청강검과 비할 바가 아니었다.

"크윽!"

노도운은 이를 악물고 진기를 끌어올리며 다시금 검을 뻗었다. 추영영은 눈살을 찌푸리며 잡고 있던 홍예군의 몸을 휙 던졌다.

푹!

미처 회수할 틈도 없이 노도운의 검이 홍예군의 배를 찔렀다. 아니, 홍예군의 배에 노도운의 검이 꽂혔다고 해야 옳을 것이다.

"커헉……!"

홍예군의 입에서 비명이 새어 나왔다. 순간적으로 검을 봉쇄당한 노도운의 이마에 추영영의 손가락이 꽂혔다. 추영영이 손가락을 빼자, 노도운과 홍예군의 시체가 서로 포개어져서 바닥에 쓰러졌다.

순식간에 수십 구의 시체가 사방에 널브러졌다. 살아난 무림맹원들과 구경꾼들은 모두 도망간 터라 두 발로 선 자는 유서현과 추영영, 그리고 줄에 묶여 도망가지도 못하고 있던 공동주택의 세입자들뿐이었다.

"으… 불편해 죽겠네."

수십 명의 생명을 거두고도 추영영은 아무렇지도 않은 듯 꽉 끼는 옷을 잡아당겼다.

큰 가슴이 상의를 당겨 아랫배가 드러났고, 발목까지 덮던 치마도 무릎 위로 올라와 있었다. 추 부인이 입던 옷이었으니 당연한 일이었다.

유서현은 여전히 눈앞의 미녀가 작디작은 추 부인이었단 사실이 믿기지 않았다. 추영영은 유서현에게 다가가 웃으며 말했다.

"왜 그러니? 아, 갑자기 변해서 그런가?"

추영영은 혼자 묻고 대답하더니 어깨를 움츠렸다. 그러자 두둑거리는 소리가 나며 추영영의 상체가 줄어들고 가슴마저 작아지는 게 아닌가?

쭉 뻗은 다리는 그대로인 채 상체만 추 부인이던 때로 돌아가니 그 모습이 참으로 해괴했다. 유서현의 표정이 일그러지자 추영영은 다시 본래의 모습으로 돌아갔다.

"천축국에서 배워온 수법인데 중원의 분근착골(分筋錯骨)과는 차원이 다르단다. 사람의 신체를 가지고 장난치는 건 그쪽이 원조거든. 신기해? 가르쳐 줄까?"

"아, 아니오. 괜찮아요."

유서현은 손사래를 치며 생각했다.

'그 옷이 정말 아주머니 거였구나.'

그리 생각을 하니 절로 얼굴이 붉어졌다. 추영영은 내내 진실을 말하였는데 혼자 오해하고, 멋대로 이해하고 배려하였으니 그 모습이 심히 꼴사나웠던 것이다.

지금만 해도 그렇다. 유서현이 굳이 추영영을 따라와서 쌍검랑사와 싸운 것도 하등 쓸데없는 오지랖이다. 대관절 누가 누구를 지킨단 말인가!

이 모두가 추영영의 말을 믿지 않았다는 증거이니, 유서현은 차마 얼굴을 들 수가 없었다.

추영영의 외모는 이십대라 해도 믿을 수 있을 정도였지만 실제 나이는 유서현의 세 배가 넘었다. 그러니 유서현의 속쯤은 훤히 들여다 볼 수 있었다.

"어이구… 요 이쁜 것!"

추영영은 유서현을 끌어안고 뺨을 비볐다. 자신의 말을 믿지 않은 것이 하나도 괘씸하지 않았고, 오히려 지켜주겠다며 벅찬 상대와 싸운 그 심성이 너무나 사랑스러운 것이다.

추영영은 이어 포박당한 세입자들을 풀어주고 말했다.

"집세 미리 낸 사람들한테는 미안한 얘긴데, 우리 집은 이제 문 닫을 거야. 이유는 말 안 해도 알겠지? 억울하면 계속 살든가."

세입자들은 황망히 그러마고 대답하고 사방으로 흩어졌다. 추영영은 쓰게 웃으며 말했다.

"곽가 놈이 집세 밀린 놈들 좋은 일만 시켜줬군."

적발마녀 125

추영영의 공동주택에 입주한 자들의 주머니 형편이야 다 거기서 거기라 집세를 밀리지 않고 꼬박꼬박 내는 사람이 오히려 드물었다. 개중에는 몇 달치를 밀리고도 끝까지 버티는 악질도 있었는데, 오늘 추영영의 본모습을 보았으니 간담이 서늘했을 것이다.

추영영은 유서현을 돌아보며 말했다.

"가자꾸나."

"예? 어딜……?"

"어디긴? 그 동 머시긴지 하는 작자가 기다린다며? 거기 가야 할 것 아니냐."

추영영은 당연한 것을 물어본다는 듯이 대답했다. 유서현은 놀람을 감추지 못하고 말했다.

"예? 하지만 성문이 닫혀 있다고……?"

"문이 원래 열고 닫고 하는 물건인데 닫혀 있다고 못 나갈까! 안 열어? 그럼 부수고 나가면 그만이지!"

추영영은 별것도 아닌 걸 걱정한다는 투로 소리쳤다. 다른 사람이라면 만용을 부린다며 비웃음거리가 될 말이었지만, 그것이 적발마녀 추영영의 입에서 나왔으니 받아들이는 입장에서는 느낌이 색달랐다.

추영영이 잠깐 선보인 무위마저도 유서현에게는 무소불위에 가까운 경지였다. 지금이라면 추영영이 황궁 문을 부수고 들어간대도 믿을 수 있을 것이다.

"그럴 필욘 없어."

익숙한 목소리가 유서현의 귀에 들어왔다. 고개를 돌리니 시체들을 넘어 두 사람에게 다가오는 이극이 보였다.

그러나 유서현의 시선은 이극이 아니라 그의 어깨에 앉아 있는 갈색 털 뭉치에게로 날아가 꽂혔다.

"오공!"

유서현은 두 팔을 벌리며 이극에게 달려갔다. 물론 소녀의 두 팔에 안긴 것은 이극이 아니라 오공이었다.

"꺅! 꺄꺅!"

"그래, 그래! 괜찮아? 어디 다친 덴 없어?"

"꺄꺅!"

오공은 유서현에게 매달려 기쁨을 감추지 못했다. 추영영은 이극을 보더니 눈을 부라리며 말했다.

"악질 중의 악질 세입자가 오셨군. 네놈 밀린 집세만큼은 내 기어코 받아낼 테다!"

"왜 나만 가지고 그래?"

"야! 억울해도 내가 해! 이 사달이 난 게 누구 때문인데!"

"천하의 적발마녀가 돈 몇 푼에 치사하게 굴다니······."

지은 죄가 있으니 더 해봤자 본전도 못 찾을 처지다. 이극은 투덜거리며 얼른 화제를 바꿨다.

"어쨌든! 성문은 다시 열렸으니 부술 필요 없어."

성문이 봉쇄된 것은 어제 하루로 끝이었다. 전쟁이 난 것도 아닌데 성문을 장기간 닫아놓을 수는 없는 노릇이다. 더구나 방화범의 용모파기를 파악했으니 경비만 잘 서면 될 일이다.

"그럼 지체할 것 없지!"

추영영은 시원스럽게 말하고 팔다리를 쭉 뻗어 기지개를 켰다. 십오 년 만에 본모습으로 돌아온 추영영은 크게 소리쳤다.

"차라리 잘됐다! 당장 가자! 가자고!"

결단을 내렸으니 행동은 빠를수록 좋다. 이극도, 추영영도 어차피 더 이상 항주에 머무를 수 없게 된 몸이니 말이다. 앞장선 이극의 뒤를 유서현과 추영영, 그리고 오공이 따랐다.

* * *

"…입니다. 향후 본격적으로 조사가 진행되면 정확한 수치가 나오겠지만, 피해액은 늘어나면 늘어났지 이보다 줄어들진 않을 겁니다."

피해액 추산의 근거 자료를 정리하며 무유곤은 곽추운을 살폈다. 아니나 다를까, 추정치이기는 하나 터무니없이 큰 액수를 들은 곽추운의 표정이 어두웠다.

무유곤은 자료 문건을 정리해 한쪽에 밀어놓고 말했다.

"개인적인 의견입니다만… 이번 화재 건에 관해서는 한 발 물러나는 게 좋을 듯합니다. 작년 수재민들에 대한 지원도 계속되고 있는 상황에서 또 다른 구제 사업을 벌이는 것은 본영에 큰 부담으로 작용할 테고. 수해 복구 및 수재민 재활 사업 지원금은 벌써 바닥이 나서 내년 예산까지 끌어다 쓰는 실정입니다."

"……."

곽추운은 묵묵히 무유곤의 말을 듣고 있었다. 그러나 무유곤은 경험상, 곽추운이 자신을 포함해 아랫사람들의 의견을 경청하기는 하나 최종 결정은 자신이 원하는 대로 내린다는 것을 알고 있었다.

"우리가 그들을 도와줄 방도가 정말 없단 말인가?"

곽추운은 안타까운 표정으로 무유곤에게 물었다. 화재로 인해 집과 가족을 잃은 피해자들에게 어떻게든 도움을 주고 싶어 안달이 난 사람 같았다.

무유곤은 한숨을 쉬고 말했다.

"본영의 예산만으로는 무리입니다."

"금산상회의 도움을 받는 건 어떻겠나? 꼭 금산상회가 아니어도 도움을 줄 수 있는 다른 상단을 물색해 보는 것은?"

곽추운의 말에 무유곤은 고개를 저었다.

"금산상회는 수해 복구 시에도 부정적인 입장이었습니다. 그래도 우리가 억지를 부려 참여하긴 했지만, 일 년도 안 돼서 또 같은 일을 하려 들진 않을 겁니다. 그렇다고 다른 상단을 물색하는 것은 금산상회 측에서 보복 행위라고 받아들일 가능성이 농후하기 때문에… 어느 쪽이든 악수라고밖에 말씀드릴 수 없겠군요."

계속 안 된다고만 하는 무유곤의 말에 짜증이 났는지 곽추운이 언성을 높였다.

"이건 이래서 안 된다, 저건 저래서 안 된다. 그럼 대체 되는 게 뭔가? 자꾸 안 된다고만 하는데, 그게 정말 불가능해서 그런 것인지 아니면 자네가 귀찮아질까 봐 그러는지 판단이 안 서는군. 내 눈에는 자네가 그저 반대를 위한 반대를 하는 것으로 보이는데, 내가 잘못 본 건가?"

"군사로서 제 판단을 말씀드린 것뿐입니다. 제가 왜 맹주님의 뜻을 거역하겠습니까? 다만 현실적인 제약이……."

무유곤은 목소리를 가다듬고 차분히 설명하려 했다. 그러나 곽추운은 무유곤을 노려보며 날카롭게 말했다.

"자네가 정말 군사라면, 그 현실적인 제약을 뛰어넘는 방안을 찾아내야 할 게 아닌가! 그게 군사가 할 일 아닌가? 항상 안 된다고만 하고! 그럼 대체 자네가 하는 일이 뭐냔 말이야!"

물론 무유곤이 항상 반대만 한 것은 아니다. 그러나 이 상황에서 언제 그랬냐고 따질 만큼 멍청한 자였다면 무림맹의 군사 자리에 오르지도 못했을 것이다.

무유곤은 적당히 고개를 조아리고 대답했다.

"죄송합니다. 본영의 한정된 예산만 가지고서는 도저히 뾰족한 수가 나오질 않는군요. 맹 전체의 예산을 움직일 수 있다면 좋겠지만 장로회가 순순히 허락해 줄 것도 아니니 말입니다."

무유곤이 장로회를 입에 올리자 즉각 반응이 왔다. 곽추운의 분노는 장로회를 향해 방향을 틀었다.

"빌어먹을 늙은이들! 내가 하는 일에 사사건건 훼방만 놓고 있으니 맹이 이 모양이지! 젠장!"

십이 인의 장로로 구성된 장로회는 무림맹 총 예산의 집행 권한을 가지고 있었다.

그들 가운데 곽추운을 따르는 자는 네 명에 불과했다. 반면 반대파가 다섯에 중립을 지키는 자들이 셋이니, 아무리 곽추운이 맹주라 해도 하고자 하는 일을 마음대로 추진할 수가 없었다.

곽추운이 송삼정을 원하는 것도 이러한 이유에서였다. 중립파 세 사람을 끌어들이면 장로회 내 친맹주파가 모두 일곱이 된다. 전체 인원의 과반수가 찬성해야 안건이 통과한다는 장로회의 원칙을 비로소 충족시킬 수 있는 것이다.

생각이 그에 미치자 곽추운의 이마에 힘줄이 툭 튀어나왔다. 항주까지 곽추운을 보러 온 송삼정. 손안에 들어왔던 장로회다. 그것이, 움켜 쥔 순간 연기처럼 빠져나간 것이다.

아니다. 단순히 놓친 정도로는 설명할 수 없다.

송삼정이 제 뜻대로 유서현을 만나 소녀의 사정을 듣고 진위 여부를 가리려 든다면, 결코 허투루 넘어갈 리 없다. 유서현과 달리 송삼정은 진실을 알아낼 힘을 가지고 있다. 섣불리 덮으려 한다면 오히려 더 깊이 파고들 능력을 가진 자다.

만일 유서현과 관련된, 소녀로부터 이어지는 진실을 알게 되면 송삼정은 가차없이 등을 돌려 반 맹주파에 투신할 것이다. 상상할 수 있는 가장 끔찍한 전개가 명백한 가능성을 가지고 곽추운을 향해 다가오는 것이 느껴졌다.

'네놈이 원한 게 이것이었느냐?'

열기로 일그러진 공기 속에서 웃던 이극의 모습이 떠올랐다. 처음부터, 혹시 유서현이라는 계집조차 이극의 함정이 아니었을까 의심이 고개를 쳐들었다.

'놈… 왜 이제 와서 나에게 이러는 것이냐? 어째서 그 오랜 세월을 잠잠히 보내고 이런 때를 골라 복수를 하려는 것이냐?'

곽추운은 이극에게 물었다. 그러나 머릿속의 이극은 대답 없이 그저 일그러진 얼굴로 웃을 뿐이었다.

'혹시 그런 것인가? 비로소 자신이 선 것인가?'

곽추운은 대답없는 이극에게, 그리고 스스로에게 물었다.

십오 년은 긴 시간이다.

홍안의 소년을 삼십대 청년으로 변화시키고, 동경의 빛으로 가득했던 눈동자를 대신 경멸과 분노로 채워 넣기에 충분한 시간이다. 또한… 소년을 한 사람의 고수로 만드는 데에도 충분한 시간이다.

곽추운은 주먹을 꽉 쥐었다.

다른 누구도 아닌 박가의 제자다. 스승의 진전을 이어받았다면, 이극이야말로 반 맹주파 장로들을 제치고 곽추운에게 있어 가장 큰 걸림돌이 될 것이다.

"…맹주님. 맹주님!"

곽추운은 퍼뜩 정신을 차렸다. 마주앉아 있던 무유곤이 그를 부르고 있었다.

"아, 그래. 내가 잠시 딴 생각을……?"

곽추운은 대답을 멈추고 고개를 들었다. 언제 들어왔는지 자리에 없던 하후강이 무유곤의 뒤에 서 있었던 것이다. 곽추운은 이극을 떠올리며 지었던 분노와 불안의 표정을 지우고, 평소와 다름없이 온화한 얼굴로 물었다.

"무슨 일인가?"

하후강이 들고 온 소식이, 곧 곽추운의 얼굴을 다시금 일그러뜨렸다.

* * *

 항주 각 성문에는 평소의 두 배가 넘는 경비병이 배치되어 있었다. 또한 그 병력의 몇 배가 넘는 무림맹원이 방화범 검거에 협조한다는 명분하에 동원되어 배치되어 있었다.
 관부와 무림맹의 협조는 이전부터 있어왔던 일이라, 경비병들도 특별히 불편해하는 기색이 없었다. 무림맹원들은 출입자들의 검문검색에 자진하여 나서는 등 경비병들의 업무를 분담했고, 덕분에 검문을 기다리며 줄을 선 사람들도 불만을 표하지 않았다.
 피이이이잉—!
 날카로운 소리를 내며 화살이 하늘 높이 쏘아졌다. 푸른 하늘을 배경으로 화살의 궤적을 따라 흰 연기가 피어올랐다.
 검문검색을 실시하던 경비병과 무림맹원들이 일제히 하늘을 올려다봤다. 대낮에도 식별 가능한 연기를 피우는 화살은 무림맹의 연락 수단 중 하나였다.
 전달하고자 하는 내용을 알아본 무림맹원이 이를 알렸다.
 항주의 사대문 가운데 서문을 지키던 경비대장은 무림맹원의 말을 듣고 성 밖으로 나가고자 줄을 서 있던 자들을 해

산시켰다. 그리고 소리쳤다.

"문을 닫아라! 문을 닫아!"

그 순간, 경비대장의 귓가에 달콤한 속삭임이 전허졌다.

[왜 멀쩡한 문을 닫으려 하실까?]

"……?"

휙!

놀라 고개를 돌린 경비대장의 코끝을 무언가가 스쳐 지나갔다. 붉은 빛줄기였다.

콱!

붉은 빛줄기가 경고하듯 성문에 박혀 구멍을 냈다. 문을 닫던 병사들은 놀라 손을 떼고 물러났다.

"물러서시오!"

놀란 경비대장과 경비병들을 뒤로 물리고 무림맹원들이 나섰다. 서문을 지키는 맹원들은 적사대(赤射隊) 소속으로, 대주는 황보웅(皇甫雄)이란 자였다.

황보웅은 성문 앞을 가로막고 선 채 소리쳤다.

"문을 어서 닫으시오!"

황보웅은 어서 문을 닫으라 독려하며, 해일처럼 밀려드는 거대한 기운을 향해 고개를 돌렸다. 성문으로 향하는 큰 길 저편에서, 누군가가 빠르게 다가오고 있었다.

타오르는 듯 붉은 머리카락을 휘날리며 다가오는 여인. 황보웅은 대도를 고쳐 쥐며 속으로 부르짖었다.

'적발마녀!'

황보웅은 과거 마종과의 항쟁에서 만난 그녀를 떠올렸다. 먼발치에서 봤을 뿐이지만, 붉은 손가락으로 마종의 마인들을 쓰러뜨리던 모습이 아직도 눈에 훤하다.

아군일 때는 그렇게 든든한 존재였거늘, 적으로 만나고 나니 이보다 무서울 수가 없었다. 그녀로부터 뿜어져 나오는 기운이 생생하게 느껴졌다.

그녀의 뒤를 익숙한 두 얼굴이 따르고 있었다. 하나는 맹주를 능멸한 소녀, 유서현이고 다른 하나는 방화범 이극이었다.

적사대는 본래 방화범을 잡기 위해 출동한 자들이다. 하나 그를 비호하는 자가 적발마녀라면, 적사대만으로 방화범을 잡기란 불가능에 가깝다.

"모두 위치를 고수해라! 우리의 목표는 지원군이 올 때까지 성문을 지키는 것이다!"

"그게 가능할까?"

"……!"

순식간에 황보웅의 앞에 도달한 추영영이 웃으며 말했다. 동시에 그녀의 붉은 손가락이 황보웅을 압박했다.

휙!

황보웅은 침착하게 대도를 휘둘렀다. 산동의 명문, 황보세가 출신답게 절도있는 대응이었다.

"카앙!"

황보웅의 대도가 추영영의 혈지선을 밀어냈다. 그와 동시에 오십여 적사대원이 황보웅의 주변에 늘어섰다.

"너희들이 날 막겠다고?"

물러나 선 추영영의 얼굴에 비웃음이 떠올랐다. 무리라는 것은 황보웅도 알고 있다. 그러나 그렇다고 순순히 문을 열어줄 수는 없지 않은가?

"비키지 않겠다면 놀아줄 수밖에!"

실로 오랜만에 되찾은 본모습이다. 추영영은 한껏 고양된 기분으로 소리치며 황보웅과 적사대원들에게 달려들었다. 그녀의 열 손가락이 혈지선의 공력으로 붉게 빛나고 있었다.

그때, 달려드는 추영영과 황보웅의 사이에 누군가 끼어들었다.

"파바박!"

희고 붉은 네 개의 손이 서로 얽히고, 잡고, 꺾기를 주고받았다. 순식간에 십여 초를 교환한 두 사람이 멀찍이 물러났다.

추영영은 자신을 막아선 흰 손의 주인을 향해 말했다.

"소수일기공……?"

추영영의 혈지선을 막아낸 백발노인, 송삼정은 빙그레 웃으며 대답했다.

"오랜만이군. 추 소매(秋少妹)."

第四章 항주를 떠나서

蒼龍魂 창룡혼

1

"소매?"

이극과 유서현은 서로를 돌아보며 입을 모아 외쳤다.

추영영은 미소를 띠우며 말했다.

"참으로 오랜만이군요. 송 오라버니."

이극의 표정이 참으로 볼만했다.

추영영의 입에서 오라버니라는 말이 나오리라고 어디 상상이나 했을까? 그것도 상대는 소수소면 송삼정—정파의 상징과도 같은 이다. 협과 의를 중시하는, 어떤 면에서는 무림맹주보다 더 정파를 대표하는 존재인 것이다.

송삼정이 말했다.

"정말 오랜만이군. 이게 몇 년 만이지? 십 년이 훌쩍 넘었으니……."

"십오 년이 넘었죠. 곽가 놈이 빌어먹을 무림맹을 세우고, 오라버니가 그 밑으로 들어간 후로 보지 않았으니까."

"입은 여전히 걸걸하군."

"입만 여전할까요?"

추영영이 웃으며 말하는데, 그녀의 흰 뺨이 붉게 물들었다. 송삼정도 웃으며 거들었다.

"맞아, 맞아. 소매는 얼굴도 하나 변하지 않았어. 분명 예전에도 같은 이유로 놀랐던 것 같은데… 그것도 천축의 비술인가?"

놀랍게도 송삼정은 추영영이 익힌 무공의 근간에 천축국의 그것이 섞여 있음까지 알고 있었다. 이극은 몸을 기울여 유서현의 귓가에 속삭였다.

"둘이 보통 사이가 아닌가 본데? …윽!"

"조용히 좀 하세요."

유서현은 이극의 손등을 꼬집고, 검지를 세워 조용히 하라는 시늉을 했다.

추영영의 말이 이어졌다.

"실례예요. 그런 말."

"하핫! 또 혼이 났군. 어째 소매한테는 혼만 난단 말이야. 나도 겉만 늙었지, 속은 여전하다니까."

"오라버니도 여전하신걸요."

송삼정은 빙그레 웃으며 흰 수염을 쓰다듬었다.

"여전하기는… 나도 많이 늙었어. 몸도, 마음도 여전 같지가 않아. 소매는 겉모습만 그런 게 아니라 속도 예전과 다를 게 없는 것 같군. 아직도 마음에 들지 않는단 이유로 사람을 해치고 다니니 말이야."

방금 전 일어난 사달이 송삼정의 귀에도 벌써 들어간 모양이었다. 송삼정이 두 사람의 과거를 이야기하던 가운데 불쑥 칼날을 들이밀었지만 추영영은 당황하지 않고 대답했다.

"마음에 들면 아끼고, 그렇지 않으면 해치는 것. 그게 우리네 사파의 방식이죠. 아시잖아요? 복잡한 건 싫어한다는 걸. 좋아하지만 버린다… 따위의 선택지는 없어요."

추영영의 말을 듣자 송삼정은 멋쩍게 웃으며 말했다.

"이것 참… 옛날 얘기를 들먹이면 내가 할 말이 없지 않아."

"먼저 시작한 게 누군데 그래요? 정말로 제멋대로인 건 오라버니지, 제가 아니랍니다."

"그래, 그래. 아쉽긴 하지만 이만하지. 오늘은 소매를 만나러 온 것도 아니고 하니 말이야."

항주를 떠나서

송삼정은 두 손을 내저으며 말했다. 그리고 추영영의 어깨 너머로 날카로운 시선을 날렸다.

"아이야, 날 기억하느냐?"

송삼정의 시선이 가 박힌 곳은 유서현의 눈이었다. 유서현의 어깨에 앉아 있던 오공이 털을 곤추세우며 이빨을 드러냈다.

"캬캬캬……!"

유서현은 오공의 머리를 쓰다듬어 안정시켰다. 그리고 포권의 예를 취하며 인사했다.

"그럼요. 삼정 어르신. 잘 지내셨어요?"

송삼정은 고개를 끄덕거리고, 눈길을 옮겨 유서현의 옆에 선 이극을 바라봤다. 이극은 머리를 긁적이며 먼저 말했다.

"이렇게 다시 볼 줄은 몰랐습니다."

"나도 마찬가질세."

송삼정은 눈살을 찌푸리며 이극을 노려봤다. 이제야 유서현이 말했던 '아저씨'와 자신을 도발했던 이극이 동일인임을 알게 된 것이다.

"자네의 목적이 무엇인지 심히 궁금하네만, 당장 묻지는 않겠네. 하지만 언제고 내 반드시 알아낼 터이니 준비하고 있게."

송삼정은 추영영과 유서현을 대할 때와는 사뭇 다른 어조로 경고했다.

본래 송삼정은 곽추운에게 지지의사를 표명하기 위해 항주에 왔었다. 하나 유서현이라는 존재로 인해, 그리고 그를 대하는 곽추운의 대응을 보고 과연 이대로 곽추운을 따라도 될지 의구심을 품게 되었던 것이다.

그런데 지금, 자신이 이렇게 흔들리고 의심을 품게 된 것이 모두 이극의 의도임을 깨달은 것이다. 실제로 곽추운의 속내가 어떤지는 차치하고서라도, 이극이 곽추운에게 어떤 식으로든 타격을 주기 위해 자신을 움직였다는 걸 안 이상 기분이 좋을 리 없었다.

송삼정은 다시 추영영을 보고 말했다.

"내가 여기 온 까닭은 저 아이를 데려가기 위함일세. 쓸데없는 마찰은 피하고 싶으니, 양보해 주게나."

송삼정의 말을 듣자 추영영은 눈살을 찌푸렸다.

"오라버니가 뭔데 저 아이를 데려간다는 건지 모르겠군요. 우리는 갈 곳이 있으니 오라버니나 비키세요."

송삼정은 시선을 유서현에게로 옮기고 말했다.

"아이야. 너는 네가 한 말과 한 일의 정당성을 입증해야 하는 책임이 있단다. 일만 벌이고 도망치면, 곽 맹주의 입장에서는 황당한 일이 아니겠느냐?"

"……."

"그리고 이대로 항주를 떠나면 너는 이유도 없이 무림맹원을 죽인 살인자로 남게 된다."

"저는 죽이지 않았어요."

유서현은 확고한 얼굴로 고개를 저었다. 송삼정은 웃으며 대답했다.

"그건 나도 알고 있다. 무엇보다 내가 증인이니라."

"그럼 어르신께서 그 장면을 목격하신 건가요? 다른 사람이 죽였다는 걸?"

송삼정은 대답하지 않았다.

유서현뿐이라면 모르되 추영영과 이극이 있었고, 뒤에는 적사대원 수십 명이 있었다. 철사자 장굉이 제 수하들을 죽였다는, 무림맹의 명예를 실추시킬 이야기를 함부로 내뱉기 어려웠던 까닭이다.

송삼정은 다른 말로 유서현을 회유코자 했다.

"어쨌든 나와 함께 가자꾸나. 진실을 밝히고, 네 오라비도 내가 함께 찾아주마."

"어림없는 소리!"

유서현과 송삼정의 사이에 추영영이 끼어들었다. 추영영은 눈을 부릅뜨고 소리 높여 말했다.

"세상물정 모르는 어린애를 속여 넘길 생각일랑 집어치우시죠. 우리는 갈 곳이 있으니 어서 비키기나 하세요."

"나를 믿지 못하겠다는 겐가?"

"오라버니를 믿어서 어디 좋은 꼴을 봤어야 말이죠. 당신네 정파인들 하는 일이 다 그렇지 않아요?"

"정사를 나누고 편견을 가진 건 내가 아니라 소머야. 대체 언제까지 삐딱하게 볼 건지 모르겠군."

"모르면 가르쳐 드리죠. 죽을 때까지 계속 그렇게 볼 거예요. 왜냐고? 내가 어디 한두 번 당했어야지?"

"두 분 다 그만하시죠."

송삼정과 추영영이 언성을 높이는 사이 이극이 끼어들었다. 이극은 덥수룩한 머리카락 속에 손을 집어넣고 헤집으며 말했다.

"지금 중요한 건 본인의 의사인데, 그걸 무시하고 있으니 얘기가 진전이 안 되는 게 당연하죠. 안 그렇습니까?"

이극은 그렇게 두 사람을 조용하게 만들고 유서현에게로 시선을 돌렸다.

"아가씨가 선택해. 오라비를 찾아서 갈 것이냐, 아님 남아서 진실을 밝히는 게 우선이냐."

송삼정과 추영영은 유서현을 바라봤다. 두 사람의 부담스러운 시선을 받으며 유서현은 이극에게 물었다.

"아저씨라면 어떻게 하겠어요?"

"나?"

뜻밖의 질문을 받은 이극은 눈을 크게 떴다. 송삼정과 추영영의 시선이 자연히 이극에게로 옮겨졌는데, 이극은 다시 머리를 긁적이며 대답했다.

"나 참, 난처하게 만드네. 글쎄다… 개인적으로는 남는 것도 나쁘지 않다고 생각해. 저기, 소수소면 선배는 곽추운 같은 사이비랑은 다르게 진짜 정파가 뭔지 아는 분이거든. 명예의 무게를 아는 분이지."

"그럼……?"

이극은 입꼬리를 올리며 말했다.

"하지만 나라면 절대 안 남는다. 소수소면은 믿어도, 무림맹주는 못 믿으니까."

유서현은 고개를 끄덕였다. 소녀는 확고한 눈빛으로 송삼정을 보며 말했다.

"어르신, 죄송하지만 저는 가야 할 곳이 있어요. 제안해 주신 것은 감사하지만, 먼저 해야 할 일을 끝내고 찾아뵐게요."

"봤죠? 아셨으면 어서 비키세요."

추영영은 의기양양하게 말했다. 그러나 송삼정은 눈썹을 치켜세우며 말했다.

"이대로 가면 너는 영영 누명을 벗을 기회도 갖지 못할 것이다. 그래도 상관없느냐?"

"상관없어요. 나는 죽이지 않았으니까."

유서현은 잠시도 생각하지 않고 대답했다. 송삼정은 고개를 저으며 한탄했다.

'추 소매와 저자가 어린 아이에게 지대한 영향을 끼치는구나! 저 아이를 위해서라도 이대로 보낼 수는 없겠다.'

마음을 굳힌 송삼정의 손이 희게 빛났다. 그 모습을 보고 추영영이 코웃음을 쳤다.

"어떻게든 제 마음대로 하려고 하는 꼴이라니! 나이를 먹어도 그 제멋대로인 성정은 여전하군요!"

송삼정의 얼굴에서 웃음이 가셨다. 송삼정은 굳은 표정으로 응수했다.

"아직 어려서 사리분별이 되지 않는 건 당연한 일이지. 하지만 어른이 되어서 그걸 보고도 넘긴다면 그거야말로 제멋대로인 게 아니겠나? 무엇이 옳은지, 가능하다면 힘으로라도 가르쳐야 하는 게 어른의 의무라고 생각한다네."

추영영의 손가락에도 다시금 붉은 빛이 올라왔다.

"말씀은 아주 청산유수셔요. 하지만 그 잘난 말씀, 지금은 듣고 있을 시간이 없네요. 순순히 비키시는 게 좋을 텐데요?"

[이 늙은이는 내가 맡을 테니 너희는 먼저 가거라. 오래 있어봤자 좋을 게 없으니까.]

추영영은 이극과 유서현에게 전음을 보냈다. 동시에 공력을 일으키니, 그녀의 열 손가락에 빛나는 붉은 기운이 더욱

항주를 떠나서 149

진해졌다.

"끝까지 내 말을 안 들을 텐가?"

송삼정의 손도 희게 물들었다.

소수일기공과 혈지선. 무림의 일절로 명성 높은 두 절기가 격돌 직전에 이르러 십성 공력을 발휘하니 그 위력이 대단했다. 황보웅을 비롯한 적사대원들이 저도 모르게 뒷걸음질을 쳤고, 몇몇은 가벼운 내상을 입었을 정도였다.

유서현의 사정도 적사대원들과 과히 다르지 않았지만, 그녀에게는 이극이 있었다. 이극은 유서현의 어깨를 잡아 내력을 주입하며 속삭였다.

"마음 단단히 먹고 내 뒤만 따라. 단번에 돌파할 거니까."

유서현은 감히 입을 열지 못하고 고개를 끄덕였다. 이극은 유서현의 어깨를 두드려 격려하고, 그녀의 앞에 섰다.

"간다······."

이극의 중얼거림이 신호였을까? 추영영의 손에서 붉은 빛줄기가 뿜어져 나왔다.

쉬쉬쉭!

"헛!"

송삼정의 입에서 헛바람 들이켜는 소리가 나왔다. 추영영의 혈지선이 자신이 아니라 다른 곳, 적사대원들을 향했던 것이다.

파박!

송삼정이 재빨리 몸을 날려 열 가닥의 혈지선을 쳐냈다. 바로 그때, 이극의 몸이 화살처럼 튕겨져 나갔다.

이극의 신형이 추영영과 송삼정을 넘어 적사대원의 머리 위에 떴다.

"절대 못 지나간다!"

황보웅이 고함을 지르며 허공에 뜬 이극을 향해 대도를 올려쳤다. 황보세가의 가전도법, 태산쾌도(泰山快刀)의 일초였다.

"……!"

단번에 허리를 두 동강 내려던 황보웅의 눈이 경악으로 물들었다. 허공에 떠 있던 이극이 황보웅의 대도를 맨손으로 때린 것이다.

이극은 오른손으로 황보웅이 올려친 대도의 도신을 때리고, 동시에 왼팔을 쭉 폈다. 이극의 왼손 위에 뒤따라 뛰어온 유서현의 발이 올려졌다.

이극의 손을 발판 삼아 유서현의 신형이 허공에서 다시 한 번 뛰어올랐다. 유서현은 새처럼 우아하게, 말 그대로 하늘을 날아 적사대원들의 머리를 뛰어넘어 단번에 성문 앞에 내려앉았다.

"크윽! 잡아라! 잡아!"

항주를 떠나서 151

황보웅은 울렁거리는 속을 억누르며 외쳤다. 그러나 어느새 적사대원들의 앞을 이극이 가로막고 있었다.

"커헉!"

황보웅의 명을 따라 달려들던 적사대원 서너 명이 순식간에 비명을 지르며 쓰러졌다. 누구도, 심지어 대주인 황보웅조차 이극이 무슨 수법으로 적사대원들을 쓰러뜨렸는지 볼 수 없었다.

황보웅이 다급히 소리쳤다.

"성문을 사수해라!"

성문을 지키고 있던 적사대원들이 일제히 검을 들어 유서현을 겨누었다. 유서현도 이극이 준 보검을 뽑았다.

카카캉!

유서현의 일검에 두 자루 검이 부러졌다. 두 동강 난 검을 든 적사대원뿐만이 아니라 성문을 지키던 자들 모두의 얼굴이 흙빛으로 물들었다.

'좋아!'

유서현은 속으로 쾌재를 부르짖었다.

며칠 새 실력이 확 늘었다는 건 쌍검량사와의 싸움에서 이미 알았다. 하지만 한 수 아래의 상대와 검초를 교환하며 보다 확신을 가질 수 있었다.

보검의 위력에 의지한 것이 아니다.

일격으로 상대의 검을 부러뜨릴 수 있었던 까닭은 오로지 소녀의 실력이었던 것이다.

 상대는 열 명이지만 질 것 같지가 않았다. 자신에 차서 막 공력을 끌어올리는 찰나, 이극의 경고가 소녀의 귀를 때렸다.

 "조심해!"

 이극의 말이 끝나기 무섭게 거대한 힘이 유서현을 압박해 들어왔다. 유서현은 반사적으로 몸을 비틀며 검을 세웠다.

 콰앙!

 폭음과 함께 유서현의 가는 몸이 바닥을 굴렀다. 끝도 없이 구르던 몸은, 이극이 잡고서야 겨우 멈췄다.

 "괜찮아?"

 "예… 괜찮은 것 같아요."

 유서현의 상세를 확인한 이극이 고개를 들었다. 한 거구의 사내가 홀로 성문 앞에 서 있었다. 십여 명의 적사대원은 양 옆으로 물러나 있었지만, 오히려 거구의 사내 홀로 지키는 모양이 더 단단해 보였다.

 오른쪽 눈에 안대를 한 애꾸눈 사내, 하후강이었다.

 하후강은 다소 난감한 표정이었지만, 그래도 근엄한 목소리로 말했다.

 "지나갈 생각일랑 꿈도 꾸지 마라."

 '복지쇄옥이 왔다는 뜻은……?'

불안한 예감은 대개 실현되게 마련이다. 과연 고개를 돌린 이극의 눈에 불안은 실체화되어 모습을 드러냈다.

곽추운이었다.

2

달아올랐던 공기가 일순간 차갑게 식었다.

한 시대를 풍미했던 절세고수, 소수소면과 적발마녀 두 사람이 격돌과 동시에 채 삼 초도 교환하지 못하고 물러난 것이다. 그들뿐 아니라 좌중의 모두가 동작을 멈추고 한 곳을 바라보았으니, 이를 가능케 하는 존재감은 오직 한 사람뿐이다.

무림맹주 곽추운.

곽추운은 우선 송삼정에게 고개를 끄덕이고, 추영영을 향해 포권의 예를 취했다.

"오랜만이오. 추 선배."

"네놈이 선배 대접을 해주다니, 기절초풍할 일이로구나?"

"말씀을 조심해 주시오. 이 후배의 뒤에는 수만 맹원이 함께하고 있소이다."

곽추운의 대답을 듣자 추영영은 빈정이 확 상했다. 그러나 상대가 다른 누구도 아닌 곽추운이다 보니 천하의 적발마녀도 함부로 움직일 수 없었다.

곽추운은 추영영을 무시하고 고개를 돌렸다. 그의 시선이 황보웅 등 적사대원들을 넘어 이극에 이르렀다.

이극은 유서현을 부축해 자리에서 일어났다. 곽추운은 그런 이극을 보고, 다시 고개를 돌려 추영영을 보며 말했다.

"저자는 불을 질러 수많은 인명과 재산 피해를 낸 방화범이오. 추 선배가 왜 그런 자를 비호하는지 모르겠군. 어쨌든 잡아서 죗값을 물어야 하니 그리 아시오."

"방화범?"

추영영이 언성을 높였다.

"얼굴가죽이 그새 더 두꺼워졌구나? 아주 거짓말이 입에 붙었어! 저놈을 방화범이라고 몰고 가면 그만이냐? 누군지 알면서도 모르는 척하면 네 마음이 편하냔 말이다!"

곽추운은 태연히 대답했다.

"이상한 말씀을 하시는군. 내가 왜 저자를 모른단 말이오? 저자는 큰 불을 낸 방화범이고, 마종과도 모종의 관계를 맺고 있을 가능성이 큰 자요. 가벼이 볼 수 없어 내가 직접 잡으러 왔거늘, 뭘 모른다고 하는지 나야말로 모르겠군."

"박가의 제자란 말이다! 정녕 모르겠단 말이냐?"

"박가? 그게 누구요?"

곽추운은 고개를 갸웃거렸다.

곽추운이 그게 누구냐는 듯 모르는 척을 하자 추영영은 화

항주를 떠나서 155

가 머리끝까지 올랐다. 잡아먹을 듯 날카로운 눈으로 쏘아봐도 곽추운이 태연히 모르는 척을 하자 추영영은 고개를 돌려 송삼정을 바라봤다.

그러나 송삼정도 묵묵부답, 대답이 없기는 마찬가지였다.

"십오 년이 지났어도 다들 그대로군! 이런 잡것들!"

추영영은 분통을 터뜨리며 발을 굴렀다.

쩌저적!

추영영이 발을 구른 자리에 땅이 갈라져 틈이 사방으로 뻗어나갔다. 추영영은 너무나 속이 상해 이극을 바라봤다.

유서현을 부축하고 있던 이극은 오히려 담담한 표정을 하고 있었다. 그러나 이극이 그런 표정을 지을 때, 속은 갈기갈기 찢어진다는 걸 모를 추영영이 아니었다.

"너……."

추영영은 울상이 되어 이극을 불렀다. 이극은 되레 엷은 미소를 지으며 대답했다.

"다들 모르시겠다는데, 억지로 알라고 할 필요는 없지. 아줌마, 너무 용쓰지 마. 힘들어."

"……."

"아무래도 상관없어."

이극은 딱 잘라 말하고, 자신을 노려보는 곽추운에게 말했다.

"난 불을 지르지 않았소. 불을 지른 게 누군지는 거기, 곽맹주께서 더 잘 아실 텐데?"

"감히 뉘 안전이라고!"

말은 곽추운을 향했으되 분노는 하후강의 몫이었다. 주군에게 무례한 언사를 내뱉은 이극에게 하후강이 불같이 화를 냈다.

"경거망동 말게."

곽추운은 이극에게 달려들려던 하후강을 막았다. 그리고 이극을 향해 말했다.

"죄인이 어디 제 입으로 죄를 저질렀다 먼저 말하는 꼴을 보았느냐? 너에게 죄가 없다면 순순히 와서 조사를 받고, 죄가 없음을 입증하면 될 게 아니냐?"

그리 말하는 곽추운의 얼굴엔 부드러운 미소가 떠올라 있었다. 그러나 그의 두 눈은 결코 웃고 있지 않았다.

"안 돼요."

곽추운의 웃지 않는 눈을 보며 유서현이 속삭였다. 이극은 유서현에게 싱긋 웃어주고, 곽추운을 보며 말했다.

"거참 본인 편리한 대로 말씀하시기는 일가견이 있단 말이지. 세상 어느 천지에 무고한 자더러 죄가 없음을 입증하라는 법도가 어디 있단 말이오?"

"…뭐라?"

이극의 말이 뜻밖이었는지 곽추운의 반응이 반 박자 느렸다. 이극은 곽추운의 웃는 얼굴에 살짝 금이 간 것을 확인하고 다시 말했다.

"모든 일에 순서가 있는 법. 내가 스스로 죄가 없음을 입증하기 전에, 나에게 죄가 있음을 입증하는 것이 우선이 아닌가? 송 어르신께서는 어찌 생각하십니까?"

"으음… 아, 나?"

화살이 자신을 향하자 송삼정은 놀라 말을 더듬었다. 이극과 곽추운은 물론 적사대원들 및 경비병들의 시선까지 송삼정에게 향한 탓이었다.

송삼정은 헛기침을 하며 생각을 정리하고 말했다.

"크흠! 그러니까… 자네 얘기도 분명 일리가 있어. 하나 어떤 관리가 눈앞에 죄인을 두고 먼저 죄를 입증한 뒤에 잡겠는가?"

지극히 일반 상식에 부합하는 이야기를 하면서도 송삼정의 목소리에는 확신이 없었다. 이극은 그런 송삼정을 노려보다가, 다시 유서현을 돌아보며 말했다.

"아가씨, 잘 선택했어."

다짜고짜 잘 선택했다니, 무슨 소린가 싶어 유서현은 눈동자를 굴렸다. 이극은 웃으며 말했다.

"협이니 의리니, 말은 번드르르하게 하지만 다들 이렇다고. 정작 자신의 이익과 결부되면 말을 바꾸고, 이치를 끼워 맞추는 게 강호의 생리란 말이지."

"……."

"사부님이 왜 그렇게 강호를 멀리하셨는지, 덕분에 다시 한 번 통감했어. 그래. 이래서였지."

이극은 다시 모두를 돌아보며 외쳤다.

"감사합니다! 정말 감사합니다! 크하하하하핫!"

감사합니다를 반복하고 이극은 광소를 터뜨렸다. 그의 웃음소리에 심후한 공력이 실렸으니, 성문 위 누각에 얹힌 기왓장이 흔들리고 흙먼지가 일었다.

"커헉!"

상대적으로 공력이 얕은 적사대원 한 명이 피를 토하며 두 릎을 꿇었다. 황보웅이 뒤늦게 소리쳤다.

"모두 귀를 막아라!"

그러나 이미 열 명이 넘는 적사대원이 내상을 입거나 심마에 사로잡혀 쓰러진 후였다. 황보웅은 화가 끓어올랐지만 함부로 움직이지 못하고 공력을 일으켜 스스로를 보호했다.

'어찌 이런……!'

끊이지 않고 길게 이어지는 이극의 광소를 듣는 송삼정의 얼굴에 그늘이 졌다. 웃음소리에 실린 웅혼한 내공이 결코 자신의 아래가 아님을 말해주는 것이었다.

'어찌 저 나이에 이런 내공을… 과연 박가의 제자인가?'

모른다 하였지만 송삼정도 박가를 알고 있다. 지난날 마종에 맞서 함께 싸웠던 전우를 왜 모르겠는가?

하지만 알아도 내색할 수는 없다.

그것이 당금 무림을 지배하는 무림맹의 근간이었으니까. 없어야 할 존재를 인정하는 순간, 무림맹은 뿌리부터 흔들려 결국 무너지고 말 것이다.

무슨 일이 있어도 그것만큼은 피해야 할 일이다. 송삼정은 설령 자신의 명예가 더럽혀진다 해도, 자신이 평생 지켜온 것들을 모두 잃는다 해도 양보할 수 없는 가치가 그곳에 있다고 믿었다. 대의(大義)라는 이름의 가치가 말이다.

웃는 이극을 바라보는 추영영의 심정은 찢어질 것만 같았다. 이극이 겉으로야 웃고 있지만 속으로 피를 토하고 있음을 어찌 모를까? 제 사부의 존재 자체를 아예 부정하고 있는 저들 앞에서 차마 피조차 토할 수 없는 심정을 생각하니, 추영영은 누군가 자신의 심장을 옥죄는 듯 아픔을 피할 길이 없었다.

'그만해라. 그만해.'

추영영이 할 수 있는 일은 고작해야 속으로 되풀이하는 것뿐이었다.

뚝―

언제까지고 이어질 것 같았던 웃음소리가 그쳤다. 실상 그리 오랜 시간은 아니었지만 어떤 이들에게는 영겁과도 같았으리라.

그 '어떤 이들' 대부분은 적잖은 내상을 입고 쓰러진 적사대원이었다. 웃음소리만으로 수십 명을 전투 불능 상태로 만들었으니 이극의 공력이 어느 정도인지 짐작조차 가지 않았다.

웃음을 그친 이극은 유서현에게 물었다.

"괜찮아?"

"예? 예… 괜찮아요."

유서현도 이극의 웃음소리에 실린 공력이 어느 정도인지 뼛속 깊이 실감할 수 있었다. 눈앞에서 수십 명이 피를 토하고 쓰러졌으니 그 위력은 체감하는 정도의 몇 배나 더할 것이다.

그러나 유서현은 귀가 좀 아플 뿐 멀쩡하다. 이 또한 이극의 배려일 거란 짐작이 갔다.

이극은 다시 송삼정과 곽추운을 둘러보며 말했다.

"그 말 그대로 돌려주지. 세상 천지에 어느 바보가 힘있는 자들의 말을 순순히 믿고 잡혀주겠소?"

곽추운의 눈썹이 꿈틀 움직였다. 이극은 곽추운에게 조롱의 웃음을 던지며 말했다.

항주를 떠나서

"어디, 잡을 수 있으면 잡아보든가!"

말을 마치자마자 이극은 유서현의 허리에 팔을 두르고 몸을 날렸다.

"감히!"

그보다 한 발 앞서 곽추운이 움직였다.

"못 간다!"

추영영이 크게 소리치며 움직이는 곽추운의 옆을 쳤다. 붉게 빛나는 혈지선의 위력은 천하의 곽추운도 감히 경시할 수 없다. 곽추운의 움직임이 다소 흔들린 순간, 어느새 송삼정이 끼어들어 추영영의 붉은 손가락을 쳐냈다.

"끝까지 나와 등을 돌리겠다는 건가요?"

추영영은 크게 소리치며 손가락을 갈퀴 모양으로 말아 할퀴었다. 극성까지 끌어올린 소수일기공으로 추영영의 혈지선을 막아내며 송삼정이 대꾸했다.

"소매야말로 끝까지 내 탓만 하는군. 어째서 내가 등을 돌렸다고만 여기는 거지? 소매가 나와 나란히 같은 방향을 볼 수도 있었던 것 아닌가?"

"정말… 끝까지 헛소리를!"

추영영의 손가락이 붉다 못해 검어졌다. 송삼정의 손도 눈이 부시도록 희었다.

콰콰콰쾅!

두 절세의 신공이 부딪친 지점으로부터 굉음과 함께 거센 바람이 몰아쳤다. 뒤이어 붉고 흰 기운들이 서로 엉키며 회오리를 이뤄 추영영과 송삼정의 신형을 집어삼켰다.

"피해라! 모두 피해!"

황보웅은 부하들에게 도망치라며 고래고래 소리를 질렀다. 절정고수들의 싸움에 휘말렸다가는 뼈도 못 추릴 게 뻔했기 때문이었다.

"으악!"

"커헉!"

그러나 추영영과 송삼정의 격돌이 일으킨 여파에 휘말리기도 전에 적사대원들 일부가 비명을 지르며 하늘 높이 날았다. 바로 곽추운의 진로에 서 있던 자들이었다.

황보웅은 자신의 눈을 의심했지만 마냥 놀라고 있을 수만은 없었다. 그 또한 곽추운이 이동하는 선상에 위치했기 때문이었다. 황보웅은 설마 하면서도 몸을 굴렸고, 곽추운은 정확히 그가 서 있던 자리를 짓밟고 지나갔다.

'무시무시하군!'

등 뒤에서 느껴지는 압박감은 점점 커져, 끝내 거대한 산의 형상을 이극의 머릿속에 그려 넣었다. 이극은 곽추운이 주는 압박감을 애써 떨쳐 내며 성문을 가로막은 하후강을 향해 돌진했다.

콰콰콰콰콱!

빠르게 달려드는 이극의 기운이 놀라웠다. 그러나 하후강은 석상이라도 된 것처럼 조금의 미동도 없이 성문 앞을 지키고 서 있었다.

"크합!"

기합 소리와 함께 하후강이 일권을 내질렀다.

우우웅—

무거운 기운이 나선으로 하후강의 팔을 휘감아 돌더니 곧 커다란 주먹에 집중되었다. 하후강의 독문절기 대라염열권(大羅炎熱拳) 가운데 하나, 감히 측량할 길 없는 힘이 실린 절초였다.

콰콰콰콰콰쾅!

이극의 손바닥과 하후강의 주먹이 충돌하며 폭음을 냈다.

"쿠억!"

하후강의 얼굴이 하얗게 질리며 입과 코로 피가 흘러나왔다. 단 일 초의 교환이지만, 이극의 장력과 비교해 명백히 고하가 갈린 것이다.

그러나 패배에 직면했으면서도 하후강은 만족스러운 듯이 웃고 있었다. 반면 이극의 얼굴에는 어두운 그림자가 졌다.

이극은 이 일장에 십성 공력을 다하였는데, 어디까지나 일격에 하후강을 제압하고 활로를 뚫기 위함이었다. 그러나 하후강도 복지쇄옥이라는 이름이 아깝지 않은 당대의 절정고수다.

'이런 젠장! 이자도 뭐가 이렇게 센 거야? 못해도 아줌마 정도는 되겠네?'

실패를 직감하며 이극은 속으로 부르짖었다.

원가량도 그렇고, 겨우 맹주의 호법이나 서고 있는 자들의 무위가 이토록 고강할 줄은 이극도 미처 몰랐던 것이다. 고강하다 한들 정도껏이지, 추영영이나 송삼정과 비교해도 손색이 없을 정도였으니 말이다.

"……!"

그 순간.

하후강의 얼굴에 피었던 회심의 미소가 걷혔다. 동시에 지금쯤 뒤를 덮쳤어야 할 곽추운의 공세도 연락이 없었다. 이극이 뒤를 돌아보니 누군가가 있어 곽추운을 멈춰 세운 것이었다.

유서현이 외쳤다.

"주 대인!"

천하제일인 곽추운의 앞을 가로막은 자는 다름 아닌 주이원이었다. 주이원은 근골을 축소시킨 추영영과 비슷할 정도로 왜소한 체구였는데, 그럼에도 불구하고 곽추운을 막아선 그의 등은 올려다봐야 할 만큼 커 보였다.

방해를 받아서였을까? 아주 잠시, 곽추운의 눈 속에 불길이 일었다. 그러나 곽추운은 이내 평정을 되찾고 낮은 목소리로 말했다.

"주 선배… 당신도 항주에 숨어 있었던 거요?"

"숨어 있었다니 말이 좀 그렇구만. 그냥 있었다고 하면 안 되겠나?"

농담을 섞어 대꾸하는 주이원에게 곽추운은 낮은 목소리로 경고했다.

"말도 안 되는 소리 집어치우시오. 나는 저놈에게 볼일이 있으니, 순순히 비키면 도망칠 때 붙잡진 않겠소."

'이놈 봐라?'

주이원의 이마에 핏줄이 튀어나왔다. 곽추운의 태도가 지극히 거만하여 그의 심기를 건드린 것이다.

주이원이 기억하는 곽추운은 세간의 평이 아깝지 않을 만큼 빼어난 재능의 소유자였으며, 또한 동세대에 따를 자가 없는 절정고수였다. 그러나 당시에 이미 사파의 절정고수였던 주이원과는 아무래도 차이가 있었다.

그러니 이제 와서 곽추운이 자신을 한 수 아래의 상대로 취급하는 모습이 곱게 보일 리 없었다. 주이원은 아무렇지도 않다는 듯이 웃으며 말했다.

"순순히 비키지 않으면 어쩌겠다는 겐지, 어디 들어나 보자."

"듣고 자시고 할 것도 없소. 항상 들고 다니던 인형도 없이 어쩌시겠단 거요?"

곽추운이 인형을 언급하자 주이원은 피식, 하며 비웃음을 터뜨렸다. 주이원은 곧 웃음을 거두고 눈을 부릅뜨며 말했다.

"내가 맨손이니까 우스워 보이냐, 곽가야?"

곽추운은 검을 뽑아 들며 대답했다.

"우스워 보이기야 예전부터였으니 너무 억울해할 건 없소. 죽기 싫으면 비키시오."

"뭐야?"

곽추운의 도발에 넘어갔는지 주이원은 성을 냈다. 그때, 이극의 귓가에 주이원의 전음이 들려왔다.

[뭘 하고 자빠졌냐! 얼른 가지 않고!]

추상같은 호통에 정신을 차리고 이극은 몸을 날렸다. 그 뒤를 유서현이 따랐다.

"못 간다!"

다시금 하후강이 두 사람의 앞을 막아섰다. 직전의 충돌에서 하후강이 깊은 내상을 입었다지만 이극 또한 손해가 적잖았다. 이극은 하후강의 무시무시한 권압을 떠올리며 몸서리를 쳤다.

'무식하게 맞상대할 수야 없지.'

질 거란 생각은 없다. 하지만 이후의 일을 생각해야 한다.

항주를 떠나서

하후강처럼 일단 이극의 발목을 붙잡는 걸로 끝이 아닌 것이다.
"검을!"
이극이 외치자 그에 이끌리듯 유서현이 검을 건넸다. 이극은 검을 역수로 쥐며 위에서 아래로 비스듬히 그었다.
"……!"
억지로 공력을 끌어올려 이극을 막으려던 하후강의 눈에 의문이 떠올랐다. 이극의 검이, 그가 인지할 수 있는 모든 영역으로부터 사라진 것이다.
"멈……!"
자신의 옆을 지나치는 이극과 유서현을 보며 하후강은 손을 뻗었다. 그러나 어째서일까? 손은 움직이지 않았고 목소리도 나오지 않았다.
푸슈슉—!
가슴으로부터 뿜어져 나온 핏물이 하후강의 시야를 붉게 물들였다. 반 발짝 뒤늦게 찾아온 고통은 의식을 빼앗고 그의 거구를 바닥에 뉘였다.
"막아라! 놈을 막아!"
곽추운은 소리를 고래고래 지르며 스스로도 몸을 날렸다. 그러나 그 앞을 주이원이 가로막았다.
"이익!"

곽추운은 신경질을 내며 검을 휘둘렀다. 그러자 곽추운의 검로를 따라 허공에 푸른 뇌전이 일어 주이원에게로 향했다.

콰콰콰콱!

주이원은 두 손을 모아 뇌전을 받아냈다. 그와 동시에 곽추운의 신형이 하늘 위로 날았다. 태양을 등져 온통 검은 곽추운이 검을 높이 쳐들었다.

검극에 태양이 걸리고, 절초 뇌룡산운(雷龍散雲)의 뇌전이 빛과 함께 주이원의 머리 위로 떨어졌다. 푸르른 빛이 주이원은 물론이요, 성문 앞 모두를 집어삼켰다.

3

바람이 얼굴을 때리고, 눈앞의 풍경이 선이 되어 빠르게 멀어져 간다. 유서현은 이극의 뒤를 쫓으며 일찍이 경험해 보지 못한 속도를 내고 있었다.

'내 경공이 이 정도였나?'

앞서 성문을 통과한 사람과 짐마차들을 추월해 가며 유서현은 고개를 갸웃거렸다. 소녀의 경공술이 얼마나 빨랐던지, 어깨에 앉아 있던 오공이 결국 버티지 못하고 뒤로 날아갔다.

"갸!"

깜짝 놀라 소리치는 오공을 유서현이 재빨리 잡아챘다. 유서현은 오공을 가슴에 품고, 그 잠깐 사이 벌어진 이극과의 거리를 다시 좁혔다.

이극은 곁눈질로 자신의 뒤를 따라오는 소녀를 보며 은근히 감탄했다.

'머리보다 몸이 먼저 깨달았군.'

쌍아대와의 목숨을 건 사투 속에서 유서현은 수년의 수련에 버금가는 성취를 거둘 수 있었다. 그것은 머리로 안 것이 아니라 몸으로 깨달은, 즉 체득한 것이었다. 때문에 그 성취는 어느 한 분야에 국한되지 않고 쌍검량사와의 싸움에서는 검으로, 지금은 경공으로 발현될 수 있었던 것이다.

그렇게 얼마나 뛰었을까? 곧 이 층 구조의 객잔이 모습을 드러냈다. 걸음을 멈춘 이극은 유서현을 돌아보며 물었다.

"괜찮아?"

"예… 그보다, 두 분은 괜찮으실까요?"

유서현은 거친 호흡을 가다듬고 대답했고 이극은 그런 유서현을 보며 잠시 말을 잃었다. 헐떡이느라 정신이 없을 줄 알았던 예상이 보기 좋게 빗나간 것이다.

이극이 말도 없이 자신을 물끄러미 보기만 하자 유서현이 다시 물었다.

"왜 그러세요?"

"아니, 아무것도 아니야."

이극은 정신을 차리고 말했다.

"걱정할 사람이 따로 있지… 둘 다 제 앞가림은 할 줄 아니까 신경 쓸 것 없어."

말은 그리했으나 이극도 걱정되긴 마찬가지였다.

적발마녀와 괴형노인의 안위를 걱정하는 것만큼 어리석은 일이 또 있겠냐만, 상대가 상대이니만큼 마냥 안심할 수도 없었던 것이다.

그러나 이극은 태연한 표정을 지으며 유서현을 독려했다.

"여기 맞지? 설마 하루 늦었다고 가진 않았겠지. 어서 가보자고."

"…예."

유서현은 이극의 말을 듣고 고개를 끄덕였다. 지금은 일단 동승류와 만나는 게 우선이다. 유서현은 스스로 앞장서서 문을 열고 객잔 안으로 들어갔다.

객잔 안은 한산했다. 점심때가 지나 열 개 남짓의 탁자 대부분이 비었고, 있는 자들도 두셋에 불과했다.

이극은 식당에 있는 자들을 빠르게 훑어봤지만 그중 동승류의 모습은 보이지 않았다. 유서현이 떨리는 목소리로 말했다.

"가버린… 걸까요?"

떨리는 것은 목소리만이 아니었다. 이극은 가늘게 흔들리는 유서현의 어깨를 두드렸다.

"아가씰 데리러 먼 길을 왔다던 사람이야. 하루를 못 기다리겠어?"

이극의 낮은 목소리가 소녀를 안심시켰다. 유서현은 마음을 다잡고 식당을 둘러보며 말했다.

"방에 계신지도 몰라요. 찾아볼게요."

유서현은 거의 한 걸음에 계단을 넘어 이 층으로 올라갔다. 이극은 자신의 말 한마디에 금세 기운을 차린 소녀를 신기하게 쳐다봤다.

유서현의 모습이 이 층 모서리를 돌아 보이지 않자, 비로소 이극은 얼굴을 찡그리며 팔 닿는 곳의 의자를 꺼내 앉았다. 성문을 빠져나와 객잔까지 오면서 억눌렀던 내상이 올라온 것이다.

'매섭군. 정말 매서워!'

이극은 옷깃을 열어 가슴팍을 들여다봤다. 왼쪽 가슴에 시커멓게 죽은 살들이 주먹 모양을 이루고 있었다.

마지막 순간, 검격과 교환한 하후강의 대라염열권이다.

최초의 격돌에서 이극이 깨달은 바, 하후강은 추영영이나 주이원과 비교해도 손색이 없는 절정고수였다. 맹주 곽추운과 함께 무림맹을 좌지우지하는 십이 장로 중에는 하후강에 미치지 못하는 자도 있을 것이다.

본신 무공의 성취로만 따지자면 하후강은 능히 무림맹 지부장의 자리를 꿰찰 수 있는 자다. 그런 고수가 맹주의 호법이나 서고 있었으니 다시 생각해도 이극은 어이가 없어 쓴웃음을 지었다.

사실 하후강의 무위를 예상치 못한 것은 이극의 실수라고 해야 할 것이다. 같은 맹주의 호법, 원가량을 통해 충분히 하후강의 무위를 가늠할 수 있었으니 말이다.

'그렇다고는 해도……'

뱃속 깊은 곳으로부터 치솟아 오르는 핏덩이를, 이극은 억지로 집어삼켰다. 그러나 세상에 공짜는 없다. 일검으로 하후강을 쓰러뜨리고 활로를 연 대가는 결코 녹록치 않았다.

'한번 제대로 싸워볼 걸 그랬나?'

그 생각을 하지 못했던 게 아니다. 다급히 오느라 곽추운이 대동했던 고수라고는 하후강뿐이었다.

적사대주나 그 대원들이야 논외로 쳐도 무방한 자들이다. 결국 곽추운에게 힘이 되어줄 자는 송삼정과 하후강뿐인 것이다.

그 두 사람이라면 추영영과 주이원이 충분히 상대할 수 있다. 그렇다면 십오 년 간 끊임없이, 머릿속으로 수없이 되풀이했던 곽추운과의 일전이 마침내 현실로 이루어진다. 하고

항주를 떠나서 173

자만 했다면, 명백히 가능한 일이었다.

그러나 이극은 그럴 수 없었다.

곽추운은 사부도 감탄했을 만큼 대단한 무재(武才)의 소유자다. 과연 그 안목은 틀림이 없어, 사부가 가고 십오 년이 흐른 지금 곽추운은 실로 측량할 수 없는 경지에 올라 있었다.

그럴 리 없다고 애써 부정했지만, 이성은 지금 곽추운이 지난 날 사부에 비교해도 손색이 없다고 주장하고 있었다. 아니, 어쩌면 이미 능가했는지도 모른다.

어느 쪽이든 곽추운이 범접할 수 없는 경지에 올라 있음은 분명했다. 일대일의 대결이 이루어졌다 해도 이극은 곽추운에게 이길 수 없었을 것이다.

하지만 곽추운을 상대로 승산이 있느냐 없느냐는 그리 중요한 문제가 아니었다. 적어도 이극에게는 그랬다. 곽추운에게 한 방을 먹일 수 있으면 좋고, 가능하다면 동귀어진도 고려해 봄 직한 일이었다. 그럴 수만 있다면 추영영과 주이원의 힘을 빌어 마련한 독대의 기회가 충분히 가치있게 쓰였다고 저승에 가서도 자부할 수 있으리라.

그럼에도 불구하고 이극은 그 기회를 살리지 않았다. 갈등하던 순간, 그의 고개를 돌리게 만든 이유가 세 가지나 있었던 탓이다.

첫 번째 이유는 지금껏 이극의 정신을 묶어버린 사부의 마지막 말이었다.

그저 살라고, 살아야 이기는 거라며 사부가 남기고 떠난 말. 사실상 유언이 된 그 말의 뜻을, 이극은 아직도 알 수 없었다. 너무나 여상스럽게 말했기 때문에 대수롭지 않게 넘겼던 것이다. 돌아오면 그때가 되어서 물어보면 되겠다는 안일한 생각이 십오 년이라는 세월 동안 이극의 발목을 잡을 줄이야.

그 속내를 알 수 없었기에 이극은 그저 살아야 했고, 곽추운과 싸울 수 없었다.

두 번째는 삼자 대결 구도라는 것이 대단히 불안정하여 언제 무너져도 이상할 게 없다는 이유였다.

송삼정과 추영영이, 하후강과 주이원이 각기 동수를 이루어 이극이 곽추운과 싸울 수 있도록 한다는 것은 분명 그 시점에서는 실현 가능성이 매우 높은 가정이었다. 그러나 무림맹 본영의 본거지인 항주라는 무대가, 그 가정을 전면적으로 신뢰할 수 없게 만든 요소였다.

항주에는 빠른 시간 내에 현장으로 달려와 전황을 바꿀 수 있는 고수들이 산적해 있다. 그 가운데에서도 맹주의 또 다른 호법인 원가량이 도중에 끼어든다면 균형을 이루었던 저울추는 대번에 한쪽으로 기울어 버릴 것이다. 이극 자신은 차치하더라도 추영영과 주이원이라 할지라도 쉽사리 몸을 빼내기 어려운 상황에 처할지도 모르니, 무턱대고 눈앞의 구도를 믿을 수 없는 노릇이었다.

물론 이극은 원가량이 주화입마에 빠져 운신이 힘든 처지임을 몰라서 그리 생각했지만, 알았다 해도 전제가 달라질 일은 없었다. 원가량이 아니더라도 충분히 전황에 영향을 끼칠 수 있는 고수들을 얼마든지 꼽을 수 있었으니 말이다.

마지막 세 번째는 이 층으로 올라간 소녀. 유서현이었다.

이극은 어쩌면 모든 게 온전히 이 마지막 이유 때문이 아니라고 스스로를 설득하기 위해 앞선 두 가지 이유를 덧붙였는지도 모른다고 생각했다.

오빠를 찾겠다는 소녀를 이용해서 이극은 제 욕심을 채웠다. 가장 중요한 순간, 곽추운이 가장 원하던 것—송삼정으로 대표되는 장로회 내 중립파의 지지를 손아귀에서 쳐낸 것이다.

단순히 그 때문이라면 문제될 것이 없었다. 타인을 속이고 이용하는 것은 이극이 지금껏 해온 일들의 연장선상에 위치해 있었다. 그것이야말로 항주의 뒷골목에서 곽추운의 눈을 피하고 살아오기 위해서 택한 삶의 방식이었던 것이다.

하지만 이제껏 이극이 속이고 이용해 왔던 자들은 모두 이극과 다를 게 없는 자들이었다. 그들 역시 자신을 위해 이극을 속였고, 또 이용했던 것이다.

그래서일 것이다, 이극이 유서현에게 흔들린 것은. 곽추운과 일대일로 맞서 싸울 수 있는 천재일우의 기회를 미련없이 걷어차 버린 것은, 소녀가 그를 믿고 따랐기 때문일 것이다.

믿는다고 말하며 자신을 바라보던 소녀의 눈을 잊을 수가 없었기 때문이었다.

"커헉……!"

결국 이극은 검은 핏덩이를 한 움큼 토해냈다.

대라염열권의 위력도 위력이거니와, 적지 않은 내상에도 불구하고 경공을 써서 예까지 달려온 탓이 적지 않았다. 즉시 조용한 곳을 찾아 정양하여야 마땅할 내상이었으니까.

하지만 그럴 순 없었다. 자신을 믿고 의지하는 소녀에게 약한 모습을 보이고 싶지 않았던 것이다.

'약한 모습을 보이고 싶지 않다고?'

"큭……!"

아픈 와중에도 웃음이 새어 나왔다.

약한 모습을 보이고 싶지 않다니? 그저 살기 급급했던 이극에게는 터무니없는, 유치하기까지 한 발상이다.

'내가 어쩌다 이런 생각을 하게 된 거지?'

스스로도 어이가 없었는지 이극은 고개를 저었다. 그러면서도 무의식적으로 입가로 가져가던 소매를 깨닫고 흠칫 놀라며 거두었다. 유서현이 소매의 피를 볼까 두려웠던 것이다.

"점소이, 여기 닦을 것 좀 갖다주오."

이극은 구석에 앉아 있는 점소이를 불렀다. 등을 돌리고 앉아 있던 점소이는 부름을 듣지 못했는지 묵묵부답이었다.

"이봐! 여기 닦을 것 좀 갖다달라니까!"

이극은 목소리를 한층 키웠다. 그러나 점소이는 여전히 등을 보인 채 미동조차 하지 않았다.

"아니, 지금 뭐하자는……?"

손님이 들어오면 당장 달려와서 엽차부터 내놓는 게 점소이의 본분이거늘, 부르는데도 여전히 등을 돌리고 있으니 어이가 없었다. 그런데 자리에서 일어난 순간, 이극은 어지러움을 느끼며 비틀거렸다.

"……?"

황급히 탁자를 짚고 몸을 바로 했지만 어지럼증은 가시지 않았다. 아니, 도리어 더 심해져서 눈앞의 영상이 물결치듯 구부러져 보이는 게 아닌가?

'함정인가!'

무엇에 마비되었는지 혀도 움직이지 않았다. 이극은 공력을 끌어올려 팔다리를 억지로 움직이려 했다. 그러나 공력 대신, 죽은 핏덩이가 올라왔다.

"욱!"

이극은 구역질을 하듯 피를 토했다. 구부러지고, 또 흐릿한 시야에 그를 에워싸고 또 좁혀오는 포위망이 보였다. 십여 명의 사내가 이극을 향해 걸어오며 입술을 오므려 묘한 소리를 내고 있었다.

'아'와 '오'의 중간 정도에 위치한, 고저없이 동일한 음으로 이어지는 소리는 이극의 귓속으로 파고들었다.

그 소리가 제 안의 무언가와 공명을 일으켜 이지를 빼앗는구나, 하는 생각이 심각한 위기의식을 불러 일으켰다. 동시에 이러한 소리와 현상을 분명 어디선가 경험했다는 기억이 되살아났다.

'이건… 그 회인지 뭔지 하는 놈들의 수법……!'

그러나 버티는 것도 한계가 있다. 팽팽히 당겨진 실이 툭 하고 끊어지듯이 이극은 정신을 잃고 그 자리에서 쓰러졌다.

이극이 쓰러지자 묘한 소리도 멈췄다.

포위망을 형성한 사내 중 하나가 가까이 다가가 이극의 눈을 까뒤집었다. 완전히 혼절하였음을 확인한 사내는 고개를 돌려 말했다.

"정신을 잃었습니다."

식당 구석에서 작은 그림자가 몸을 일으켰다. 그늘에서 빠져나온 자는 허리가 굽은 노인.

바로 곽추운과 밀담을 나누던 혼공이라는 노인이었다.

혼공은 가는 지팡이를 짚고 사내들에게 다가갔다. 사내들은 그가 이극을 볼 수 있게끔 포위망을 풀고, 허리와 고개를 살짝 숙였다. 혼공은 쓰러져 있는 이극을 보고 말했다.

"이건 곁가지에 불과하고… 표적은 어찌 되었는고?"

혼공의 말이 떨어지기 무섭게 이 층 계단으로부터 일련의 사내들이 내려왔다. 그중 한 사내의 팔에는 역시 정신을 잃은 유서현이 들려 있었다.

사내들이 혼공을 중심으로 모여 나란히 고개를 숙이니 그 수가 족히 스물이 넘었다. 유서현을 확인한 혼공의 얼굴에 흡족한 표정이 떠올랐다.

"이자는 어찌하면 좋겠습니까?"

사내 중 하나가 물었다. 혼공은 쓰러져 있는 이극을 보며 말했다.

"시험재는 많을수록 좋겠지. 가져가라."

"존명!"

사내들은 일제히 고개를 숙이며 외쳤다. 그 속에서 혼공은 유서현을 바라보며 비릿한 미소를 지었다.

때 아닌 불길이 치솟아 관도를 지나던 이들의 가슴을 철렁이게 했다. 대부분이 바로 어제 항주에서 일어난 대형 화재를 목격하였거나 풍문으로 들었던 탓이었다.

그러나 불길은 작은 객잔 하나를 태우고 끝났으며 세간의 관심은 쌀알 한 톨만큼도 끌지 못했다. 아니, 수많은 인명과 재산 피해를 낸 항주의 대화재조차 하루도 버티지 못하고 사람들의 관심으로부터 멀어지고 말았다.

 십오 년 전, 마종과의 항쟁이 끝난 직후 자취를 감추었던 적발마녀 추영영과 괴형노인 주이원이 다시 나타났기 때문이었다. 더구나 십오 년 만에 나타난 그들이 마종의 잔당과 모종의 관계를 맺고 있었다는 무림맹의 발표는 중원 전역으로 빠르게 퍼져 나가 사람들의 간담을 서늘하게 만들었다.

 마종은 사라지지 않았다!

 그들은 어둠 속에 몸을 숨기고 적발마녀나 괴형노인과 같은 중원의 고수를 포섭하여 또 한 번의 혈겁(血怯)을 준비하고 있었던 것이다.

 무림맹의 발표를 접한 사람들은 누구나 십오 년 전의 악몽이 되살아나는 공포에 시달려야 했다. 그리고 그들의 시선은 자연히 과거 중원을 구한 영웅, 무림맹주 곽추운을 향할 수밖에 없었다.

 천하가, 다시금 요동치고 있었다.

第五章 이제 그만해요, 우리…

蒼龍魂 창룡혼

1

똑— 똑—

물방울이 바닥에 떨어지는 소리가 선명하게 들린다.

청각부터 시작해 잠들었던 감각이 차례로 되살아났다. 손목과 발목은 단단히 결박되어 있다.

'…보통 끈이 아니군.'

겉은 부드럽지만 그 안의 강인함이 피부를 타고 전해져 온다. 힘으로 끊지 못하도록 특수 처리된 심이 있을 거라 짐작이 갔다.

"깨어났나?"

쇠를 긁는 듯 날카로운 음성이 귀를 찔렀다. 이극은 마지못해 고개를 들고 눈을 떴다.

"……."

어두운 방 안에 작은 등불 하나가 홀로 켜져 있었다. 그러나 방금 뜬 이극의 눈에는 그 미약한 빛도 태양과 같아 똑바로 쳐다볼 수 없었다.

"큭!"

이극은 눈을 감으며 고개를 돌렸다.

쇠 긁는 목소리의 주인은 등불을 이극의 눈 가까이 가져갔다. 그리고 손이 아닌 무언가로 이극의 뺨을 가볍게 때렸다.

"살고 싶으면 눈을 떠라."

묘한 굴욕감을 받으며 이극은 가늘게 눈을 떴다. 흐릿한 시야에 반쯤 타다 만 장부가 들어왔다. 이극은 눈살을 찌푸리며 말했다.

"이건……?"

유서현이 납치당했던 암천대의 거처. 그곳의 소각장에서 건져 낸 물건이다. 이극은 이 완전히 태워 없애지 못한 장부를 몸에 지니고 있었던 것이다.

"그래. 알아보겠지? 이걸 왜 가지고 있는지 말해라."

눈앞에서 흔드는 장부 너머로 이극을 취조하는 자가 눈에 들어왔다. 온통 주름진 얼굴의, 얼핏 보기에는 특별할 게 없는 노인이었다.

그러나 평범해 보이는 노인의 두 눈 속에는 사특한 기운이 꿈틀거리고 있었다. 남들에게 말하자면 뜬구름 잡는 소리라 납득시키기 어렵겠지만, 어쨌든 이극의 눈에는 그리 보이는 것이다.

이극은 망설이지 않고 말했다.

"내 것이니까 가지고 있소만."

"네 것이라고?"

노인의 눈이 아주 잠시 흔들렸다. 이극은 이어 말했다.

"길바닥에 떨어진 물건에 어디 임자가 따로 있소? 주운 놈이 임자지."

짝!

두툼한 손이 빠르게 날아와 이극의 뺨을 때렸다. 위협하듯 낮은 목소리가 들려왔다.

"함부로 혀를 놀리지 마라. 허튼 수작을 부렸다가는 그 혀를 뽑아서 개 먹이로 던져 줄 테니!"

방 안에는 이극과 노인 말고도 몇 명의 건장한 사내가 더 있었다. 이극은 터진 입술을 핥아 피를 닦으며 말했다.

"허튼 수작이나마나, 영문도 모른 채 잡혀 왔는데 내가 무슨 정신이 있겠소? 그리고 물어봐서 대답했을 뿐인데······."

다시 한 번 짝, 소리와 함께 이번엔 반대편 뺨이 돌아갔다.

"함부로 혀를 놀리지 마라 했다. 감히 뉘 안전이라고……!"

이번에는 안쪽이 터졌는지 입안에 비릿한 향이 가득했다. 이극은 피가 섞여 붉은 침을 뱉고 말했다.

"퉤! 거 손 한번 맵수. 한데 이분이 뭐하는 분이신지 내가 알아야 조심을 하든 뭘 할 거 아니오. 아니, 왜 날 잡아다 가두고 취조를 하는지도 모르는데 대체 뭔 대답을 해야 안 때릴 건지나 좀 알려주시든가."

이극은 시선을 돌려 노인의 눈을 보며 말했다.

"무슨 대답을 원하는지 알려주시오. 그럼 그리 대답해 드리리다. 괜히 힘 뺄 것 없잖소."

"이놈이 그래도!"

사내의 손이 다시 올라갔다.

"멈춰라."

사내의 손이 허공에서 멈췄다. 노인은 자글자글한 주름을 더 깊이 파며 말했다.

"원하는 대답이라… 알려주면 그리 말할 것이냐?"

"물론입지요! 살려만 주신다면 무얼 못하겠습니까?"

손발이 묶인 상황에서도 이극은 넉살 좋게 말했다. 노인은 그런 이극을 흥미롭게 바라보다가, 자리에서 일어났다.

"내가 원하는 대답이 무엇일지 생각해 보거라."

노인은 말을 마치고 등을 돌렸다. 문을 열고 나가려는 노인을 이극이 붙잡았다.

"잠깐!"

돌아본 노인에게 이극이 물었다.

"나와 함께 있던 소녀는 어떻게 했소?"

"걱정되느냐?"

"먼저 그 아이의 안위를 알아야겠소. 대답은 그러고 나서요."

노인은 몸을 돌려 다시 이극에게 다가갔다. 들고 있던 등불을 이극의 눈 가까이 가져간 노인이 말했다.

"뭘 착각하나 본데… 장부 때문에 널 잡아온 게 아니다. 주제넘은 소리는 하지 않는 게 좋을 게다."

문이 닫히고, 이극은 어둠 속에 홀로 버려졌다.

이극은 어깨를 움츠려 얼얼한 뺨을 문지르며 주위를 돌아봤다. 안력을 돋우어보니 이극이 갇힌 곳은 아주 네모반듯한 돌로 만들어진 작은 석실이었다.

똑—

처음 이극을 깨웠던 물방울 소리가 다시 들렸다.

'그러고 보니 공기가 눅눅한데… 지하인가?'

손발이 단단히 묶여 운신의 폭이 좁았지만, 이극은 최대한 몸을 비틀어 사방을 둘러봤다. 석실은 사면이 막혀 있어 작은 창조차 나 있지 않았다. 습하고 어깨를 짓누르는 공기가 이극의 생각을 뒷받침하고 있었다.

석실을 좀 더 살펴보기 위해 이극은 방 귀퉁이로 몸을 움직였다. 그리고 벽에 의지해 일어나려는 순간, 뱃속에서 통증이 치밀어 올랐다.

"크윽……."

이극은 신음하며 다시 바닥에 주저앉았다. 쉽게 회복될 내상이 아니었으니 당연했다.

두 발도 묶여 가부좌를 틀 수는 없었지만 어쨌든 이극은 바닥에 앉았다.

'조용하고 밀폐된 공간이라… 내상을 치유하기에는 나름 최적의 조건인걸?'

생각이야 그리했지만 속이 편할 리 없었다. 무엇보다 유서현의 안위가 가장 걱정이었다.

하지만 앉아서 걱정만 한다고 상황이 바뀌는 것은 아니다. 이극은 눈을 감고 운기조식에 들어갔다.

좌우는 물론 천장과 바닥까지 모두 돌로 이루어진 좁은 복도를 수 명의 발소리가 가득 메우고 있었다. 복도는 창도 하나 없어 어두웠는데, 일행 중 선두에 선 자가 말했다.

"당돌한 놈입니다. 골치 아픈 일이 생기기 전에 처리하는 쪽이 깔끔하지 않겠습니까?"

조용히 뒤를 따라야 할 수행원 중 하나가 노인—혼공에게 말을 걸었다. 지극히 이례적인 일이라 돌아보니 바로 이극의 뺨을 때리던 자였다.

다시 고개를 앞으로 향한 혼공은 멈추지 않고 계속 걸으며 대답했다.

"이게 있는 한 섣불리 행동할 수 없다."

이거라 함은 혼공이 들고 있는 반쯤 타다 만 장부를 가리킴이다.

"왜 이걸 가지고 있는지 밝혀내는 게 우선이다. 처리야 언제든 할 수 있는 일이지 않느냐."

"대체 그것이 무엇이길래 그러시는지……?"

사내는 조심스럽게 물었다. 그러나 혼공의 반응은 싸늘하기만 했다.

"알고 싶으냐?"

"아, 아닙니다."

사내는 고개를 숙이고 입을 닫았다. 혼공은 다소 심기가 불편해진 얼굴로 걸음을 재촉했다.

이극이 갇혀 있던 방은 그의 예상대로 지하였다. 혼공과 수행원들은 곧 복도의 끝에 도달해, 계단을 통해 지상으로 올라왔다.

사방이 숲으로 둘러싸인 심처. 그 가운데 나무를 베어 터를 잡고 수십 채 목조 건물이 오밀조밀 모여 있었다. 얼핏 화전민의 마을인가 싶기도 하였지만, 오가는 이들 모두 사내이며 동작에 절도가 있어 오히려 군대의 주둔지에 가깝다는 인상이었다.

지상으로 올라온 혼공은 이 기묘한 마을을 가로질러 한 건물의 앞에 섰다. 건물이라기보다 창고에 가까운 작은 집은 문지기 두 사람이 지키고 서 있었다.

"오셨습니까."

문지기들은 혼공을 보고 허리 숙여 공손히 인사했다. 혼공은 지난 날 곽추운과 대화할 때와는 전혀 다른 모습으로 고개를 뻣뻣이 들고 말했다.

"식사는 하였느냐?"

"입도 대지 않았습니다."

문지기의 대답을 들은 혼공은 고개를 끄덕였다.

곽추운과 맞서 항주를 뒤집어 놓은 소녀다. 그 정도 고집은 보이는 게 당연하다는 생각에, 혼공은 별다른 말을 하지 않고 문을 열어 안으로 들어갔다.

문 안, 작은 창고 같은 집 안에는 한 소녀가 손발이 묶인 채 들어오는 혼공을 노려보고 있었다. 유서현이었다.

그러나 혼공을 본 유서현의 눈에는 놀라움만 가득했다.

대체 누가 무슨 목적으로 자신을 납치했는지 보겠다는 심산으로 적개심을 잔뜩 고양시켰는데, 바로 얼마 전 자신이 목숨을 걸고 지켰던 노인이 그 장본인일 줄은 꿈에도 몰랐던 것이다. 어찌나 놀랐는지 유서현은 더듬거리며 혼공을 불렀다.
"어, 어르신은……?"
"그래. 나다."
혼공은 짧게 대답하고 유서현의 앞으로 성큼 다가갔다.
지난 날 유서현은 노인을 구하기 위해 십일 인의 암천대원과 맞서 홀로 싸웠었다. 노인과는 일면식도 없었고 당연히 그를 구할 의리도 없었지만, 그저 마음이 이끄는 대로 행동했을 뿐이었다.
번천검랑 원가량의 도움으로 암천대원들을 물린 후에도 유서현은 놀라 혼절했던 노인을 업고 항주까지 모시기도 했다. 항주에 도착하고도 목적지에 모셔다 드리고자 했지만 한사코 거절하고 헤어졌던 광경이 아직도 두 눈에 남아 있었다.
하지만 평범한 노인인 척했던 그때와 달리 지금 혼공은 본신 무공을 숨기지 않고 있었다. 유서현도 눈앞의 혼공이 그때 그 노인과 같으면서도 다른 자임을 알아봤다.
"이게 대체 무슨 짓입니까?"
유서현이 물었다. 혼공은 짧게 대답했다.
"당하고도 모르겠느냐?"
"그러니까 대체 저를 왜……?"

"쯧쯧… 애초에 네가 놈의 혈육임을 알았다면 그리 번거로운 일도 하지 않았을 게다."

혼공의 입에서 나온 그놈이라는 게 누구를 뜻하는지는 자명했다. 유서현은 눈썹을 치켜뜨며 물었다.

"무림맹의 분이셨습니까?"

"이년이 감히……!"

이극의 뺨을 때렸던 자가 다시 나섰다. 그러나 혼공은 재빨리 그를 막고 담담히 말했다.

"발끈할 것 없다. 어차피 곽추운의 개라 해도 할 말이 없는 처지이지 않느냐."

"혼공……!"

스스로를 곽추운의 개라 비하하는 혼공의 얼굴에 자조의 쓴웃음이 스쳐 지나갔다. 혼공은 고개를 저으며 사내를 다독이고 유서현을 향해 말했다.

"걱정할 것 없다. 우린 곽추운의 개이기는 해도 무림맹의 개는 아니니까."

"…무슨 뜻인지 모를 말씀을 하시는군요."

"우리가 너를 곽추운이나 무림맹에게 넘길 걱정은 하지 않아도 된다는 것만 알면 됐다."

"……?"

유서현의 큰 눈에 물음표가 가득했다. 스스로를 곽추운의 개라 부르면서 어째서 넘기지 않겠다는 걸까? 그 모순된 말 속에 숨어 있는 자조의 빛을, 소녀가 미처 알아채지 못했던 탓이다.

"네 오라비."

혼공의 입에서 오빠가 나오자 유서현의 눈빛이 달라졌다. 잘 벼린 검처럼 날카로운 눈빛을 확인한 혼공의 주름진 얼굴에 옅은 미소가 떠올랐다.

"네 오라비가 훔쳐 간 것이 있다."

"그럴 리 없어요."

혼공의 말이 나오자마자 유서현은 딱 잘라 말했다. 그녀의 오빠, 유순흠은 아버지의 성정을 그대로 물려받아 고지식하기로는 동생보다 몇 배나 더한 인물이다. 그런 오빠가 남의 물건을 탐하여 훔쳤을 리 없다는 믿음이 굳건했다.

그러나 혼공의 입에서 나온 말은 달랐다.

"네 믿음은 가상하나 우리가 당한 것은 사실이다. 무엇과도 바꿀 수 없는 소중한 것을 네 오라비가 훔쳐 갔고, 우리는 그것을 반드시 되찾아야 한다. 그래서 너를 데려온 게다."

혼공의 노회한 목소리에서 느껴지는 울림은 그가 진심을 토로하고 있음을 힘주어 말하고 있었다. 유서현은 끝까지 오빠가 그럴 리 없다고 생각했지만, 무언가 소중한 것을 도둑맞았다는 혼공의 억울함 또한 거짓이 아니라는 직관을 외면할 수도 없었다.

"그래서… 저를 데려왔다고요?"

"그래."

혼공은 고개를 끄덕였다.

"너에게 달리 위해를 가하는 일은 없을 것이니 안심하거라. 나는 오직 빼앗긴 물건을 되찾고 싶을 뿐이다."

"……."

"그러니 밥은 먹어두어라. 네 몸이 상하면 너만 손해이니까."

그 말을 남기고 혼공은 몸을 돌렸다. 잠시 입을 다물었던 유서현이 문을 열고 나가려던 그를 붙잡았다.

"아저씨는 어떻게 했죠?"

"어느 쪽 말이냐?"

되돌아온 질문에 유서현은 동승류 역시 그들의 수중에 들어갔음을 알 수 있었다. 아니, 이들이 객잔에 숨어 자신을 납치할 수 있었던 까닭도 애초에 동승류를 확보했기 때문일 것이다.

소녀는 명민히 일의 선후를 파악하고 말했다.

"둘 다요."

혼공은 흔쾌히 대답했다.

"동가 놈은 걱정할 것 없다. 너와 마찬가지로 네 오라비가 훔쳐 간 것과 교환할 대상이니까."

 그렇다면 다른 쪽은 걱정해야 한다는 뜻일까? 유서현은 다급히 물었다.

 "이 아저씨는요?"

 '이씨 성을 가진 놈이었나.'

 유서현의 말을 들은 혼공은 속으로 곽추운의 측근 혹은 무림맹 인사 가운데 이씨 성을 가진 자가 누구누구였는지 꼽아 보았다. 그러나 그중 누구도 지하 석옥(石獄)에 가둬놓은 놈과 비슷한 자가 없었다.

 이극이 가지고 있던 장부는 곽추운과 혼공 사이에 이루어진 거래 내역이 기재된, 대단히 은밀하여 반드시 남기지 말아야 할 물건이었다. 반쯤 탔다고는 하지만 이렇게 중요한 물건을 소지하고 있으니 혼공으로선 이극이 곽추운의 측근 중 하나일 가능성을 배재할 수 없었다.

 물론 이극이 곽추운의 측근이라면 유서현과 동행할 리 없었지만, 어쨌든 유서현을 잡기 위해 놓은 덫에 엉뚱한 놈이 함께 걸렸으니 그 처치가 곤란해진 것은 사실이었다.

 혼공은 짧게 말했다.

 "너나 네 오라비와 별개로 우리와 관련이 있는 자다. 놈이 대해서는 신경 쓰지 않는 편이 좋을 게다."

 "그럴 순 없어요!"

유서현이 강하게 외쳤다. 인질이라는 자신의 처지를 돌보지 않는 소녀의 모습이 인상적이었는지 혼공은 웃으며 말했다.

"그것은 네 사정이지."

유서현에게 반론의 기회를 주지 않고 혼공은 밖으로 나왔다. 수행원 중 하나가 불만스러운 얼굴로 물었다.

"계집에게 너무 관대하신 것 같습니다."

혼공은 무공의 고수이기도 하지만 그보다는 사람의 혼백을 다스리고 뜻대로 조종하는 수법에 능통한 자다. 지금처럼 장소와 인력을 써가며 번거롭게 유서현을 감금해 두지 않아도 되는 것이다.

일례로 하루 앞서 이들의 손에 떨어진 동승류의 경우에는 가타부타 말이 필요없었다. 혼공은 특유의 수법으로 동승류의 이지를 제압했고, 손쉽게 원하는 정보를 이끌어냈다. 그 속에 유순흠과 그들이 도둑맞은 물건의 거취가 없었음은 아쉬운 일이었지만, 대신 유서현과 합류하기로 했다는 정보를 얻어낼 수 있었던 것이다.

그 동승류는 아직도 이지를 잃은 채로, 감시할 자도 필요치 않은 곳에 방치되어 있었다. 혼공이 손을 쓰지 않으면 영영 넋이 나간 채 생을 마감할 것이다.

"관대하다라?"

수행원의 말을 들은 혼공이 얼굴을 찌푸렸다. 그러나 깊어진 주름 속에는 수하의 주제넘은 참견을 책망하는 뜻보다 미처 보지 못했던 자신을 발견했다는 놀라움이 컸다.

이윽고 혼공은 고개를 끄덕였다.

"네 말이 맞다. 내 처사가 관대한 면이 있지."

"황공합니다."

뜻밖에 순순히 시인하자 도리어 수행원이 고개를 숙였다. 혼공은 쓰게 웃으며 말했다.

"하지만 그 아이는 관대한 대접을 받을 자격이 있다. 중원인으로선 보기 드문 영혼을 가지고 있으니까."

혼공을 비롯한 이들은 본래 중원인이 아니다. 그들에게 있어 중원인, 좀 더 좁혀서 중원무림인들은 기본적으로 염치를 모르는 자들이었다. 자신들이 원하는 것을 얻기 위해서는 온갖 궤계와 거짓을 일삼고 부끄러운 일도 마다하지 않는 게 중원의 무림인이라는 종자가 아닌가!

하지만 유서현은 달랐다. 충분히 도주할 수 있었음에도 일면식 없던 노인을 살리기 위해 승산없는 싸움에 몸을 던졌던 소녀를, 혼공은 똑똑히 기억하고 있었던 것이다.

혼공이 혼공인 까닭은 그가 사람의 혼(魂)을 부리기 때문이다. 때문이 혼공은 오랜 세월 사람의 겉모양보다 그 내면에 주목해 왔고, 이제는 맨눈으로도 영혼의 모양을 알아보는 경지에 올랐다고 자부할 수 있었다.

그런 혼공의 눈에 유서현의 영혼은 실로 투명하고 올곧아, 중원인으로선 극히 보기 드문 모양을 하고 있었던 것이다.

"그리고……."

혼공의 입가에 비릿한 웃음이 떠올랐다.

"그런 영혼이어야 제물로서 바람직하지 않겠느냐? 우리가 먼저 취해봤자 무슨 소용이 있겠느냐. 어차피 죽음을 피할 수 없는 운명일진대."

"존명!"

수행원들은 일제히 고개를 숙였다. 혼공은 만족스러운 얼굴로 걸어나갔다.

2

복기원(復氣院)은 무림맹 본영 내 설치된 의원이다. 이곳에는 십여 명의 의원과 그 제자 수십 명이 상주하며 본영의 부상자를 치료하고 회복과 복귀를 돕고 있었다.

복기원 내 환자를 수용하는 방 중 하나는 거구의 애꾸눈 사내가 차지하고 있었는데, 바로 맹주의 우호법 복지쇄옥 하후강이었다.

하후강이 처음 복기원으로 실려 왔을 때에는 누구도 생존을 장담치 못할 상태였다. 그의 넓은 가슴이 대각선으로 길게, 그리고 뼈가 보일 정도로 깊이 베였던 것이다.

보통 사람이라면 그 자리에서 즉사했을 상처였지만 하후강은 끝끝내 살아났다. 혼수상태에서도 숨을 놓치지 않았고, 결국 깊은 내공과 강인한 생명력으로 위험한 고비를 무사히 넘긴 것이다.

그러나 말 그대로 위험한 고비를 넘긴 것에 불과했지, 완치까지는 아직 시간이 필요했다. 때문에 하후강은 좀이 쑤시는 것을 꾹 참고 의원의 지시에 따라 하루 종일 침상 신세를 지고 있었다.

그런 하후강을 찾아온 손님이 있었다. 그와 함께 맹주의 호법을 맡아 왔던 번천검랑 원가량이었다.

원가량은 하후강보다 하루 앞서 복기원에 들어왔는데, 주화입마에 빠져 적지 않은 내상을 입은 바 그 상세가 하후강보다 결코 가볍지 않았다. 그래도 다행히 외상이 없었으니 의원이 처방한 영약과 본인의 심후한 내공으로 빠르게 회복할 수 있었다.

겨우 닷새 만에 내상을 치유한 원가량은 좀 더 정양해야 한다는 만류를 뿌리치고 퇴원을 결심했다. 그리고 복기원을 나오기 전에 인사차 하후강의 방을 찾은 것이다.

"천하의 복지쇄옥께서 꼴이 말이 아니구려."

흔한 인사말도 생략하고 원가량이 대뜸 말했다. 침상에 누워 꼼짝도 못 하고 있는 입장에서는 화를 낼 법도 한데, 하후강은 도리어 아무렇지도 않게 대답했다.

"맹주께도 그렇고, 자네에게도 면목이 없네."

시비를 걸고 싶어도 상대가 이리 나오면 김이 빠진다. 원가량은 피식 웃으며 말했다.

"그나저나 상처는 좀 어떻소? 거 얼굴에 상처도 보기 그런데, 가슴에도 똑같은 게 나는 것 아니오?"

"흉터가 크게 남을 거라는군. 다행히 얼굴의 상처와 방향이 반대이니 아주 보기 싫지는 않을 걸세."

"나 참. 그런 말이 잘도 나오는군."

"이미 벌어진 일인데 어쩌겠나. 살아 있는 것만도 다행으로 여겨야지."

말을 마친 하후강은 동료를 만나 반가운 기색을 지우고, 평소의 그로 돌아가 진중한 목소리로 말했다.

"그자의 검이 예리했지만 나도 가만히 당한 건 아니었지. 제대로 한 방을 먹였으니 아마 적잖은 내상을 입었을 터. 맹주께서 따라갔다면 어렵지 않게 잡았을 것이야."

"하지만 그러지 않았잖소."

하후강이나 맹주나, 둘 다 어울리지 않는 짓을 했다는 생각에 원가량의 말이 차가웠다. 하후강은 침울한 얼굴로 대답했다.

"그랬지. 내 목숨 따위는 돌보지 않으셨어야 했는데……."

주이원이 길을 막았다지만 곽추운이라면 쉽게 돌파할 수 있었다. 실제로 주이원은 곽추운의 일검에 무너지고 말았으니 맹주의 무위를 의심할 자는 아무도 없었다.

그러나 문제는 그 직후였다. 가슴이 벌어진 채 쓰러진 하후강과 도주하는 이극의 사이에서, 곽추운은 놀랍게도 한 치의 망설임 없이 하후강을 선택했다.

곽추운은 직접 하후강의 거구를 들어 올려 단숨에 복기원으로 달려왔다. 항주성 서문에서 무림맹 본영 내에 있는 복기원까지, 결코 짧지 않은 거리를 곽추운은 축지법이라도 썼는지 순식간에 주파한 것이다. 하후강이 살 수 있었던 이유의 오 할이 앞서 언급한 본인의 깊은 내공과 생명력이라면, 나머지 오 할은 곽추운의 신속한 경공술이라 할 수 있었다.

곽추운이 아닌 다른 자였더라면, 아니, 선택의 순간 곽추운이 조금이라도 망설였더라면 하후강은 목숨을 잃었을 것이다. 살아났다 한들 평생 무거운 후유증을 떠안아야 했을지도 모른다.

그런 곽추운의 행동이 하후강에게는 커다란 감동이었고, 또 부담이었다.

하후강은 애초에 곽추운의 손발이 되어 살아가기를 마음

먹은 자였다. 때문에 십이 장로와 비교해도 손색이 없는 무위를 가지고도 곽추운의 호법이라는 자리에 만족해하는 것이었다. 곽추운을 위해 죽는 것이야말로 그가 바라는 가장 이상적인 죽음이었으니 무엇을 더 말하랴.

그런데 자신의 부족함이 주군의 발목을 잡은 격이니, 이 단순한 사내가 사십 평생 이처럼 복잡한 심경이었던 적이 있었나 싶을 지경이었다. 지금 하후강의 마음은 곽추운에 대한 감사와 감동, 그리고 이극에게 당했다는 자책과 분노가 이마를 맞댄 채 물러서지 않고 있어 팽팽한 긴장감이 감돌고 있었던 것이다.

하지만 원가량은 동료의 내적 갈등에 비웃음을 던졌다. 하후강을 고민케 하는 전제 중에 하나가 애초에 틀렸다고 생각했기 때문이었다.

곽추운이 하후강을 구했던 까닭은 그곳에 이목이 많았기 때문이다.

만약 그 자리에 맹원들 외에 다른 시선이 없었다면 곽추운은 망설이지 않고 이극을 쫓아갔을 것이다. 그러나 그 자리에는 송삼정이 있었고, 성문을 지키던 관부의 인원들이 있었다. 곽추운으로선 그 시선을 의식하지 않을 수 없었을 것이다.

방화범의 검거냐, 혹은 수하의 생명이냐. 두 가지 선택지 앞에서 나는 망설임없이 수하의 생명을 고를 수 있는 위인이다—라는 것을 모두에게 보이고 싶었으리라. 그것이 곽추운이라는 인간을 구성하는 가장 근원적인 욕망이라는 것이 원가량의 판단이었다. 아니, 어쩌면 이미 곽추운은 스스로가 그런 인간이라고, 그리도 고결한 인격의 소유자라며 자신을 속였을지도 모른다.

이와 같은 분석은 원가량의 자의적인 판단이 아니었다. 곽추운은 원가량이 누구보다도 자신을 잘 이해하고 있음을 알고 있었다. 때문에 곽추운은 원가량 앞에서만큼은 있는 그대로의 자신을 내보였고, 그에 걸맞은 지시를 내리곤 하였다.

반면 하후강을 대할 때에는 분명히 어느 정도의 거리낌이 있었다. 그것은 본모습을 보이지 못하는 불편함이 아니라 하후강이 품고 있는 곽추운이라는 어떤 상(像)을 깨지 않으려는 조심스러움이었다.

하후강이 동경하고, 충성을 다할 것을 맹세한 곽추운은 분명 실제와 거리가 멀었지만 그렇다고 단순히 착각이나 허상(虛像)으로 치부할 수는 없었다. 왜냐하면 그것이야말로 곽추운이 추구—혹은 외부에서 그렇게 봐주기를 원하는—하는 가장 이상적인 모습이기 때문이었다.

'초를 칠 이유는 없지.'

원가량이 곽추운을 얼마나 이해하고 있느냐와 그것을 하후강에게 알려주는 것과는 완전히 별개의 이야기다. 굳이 하후강의 품고 있는 곽추운의 허상을 깰 이유가 없었다.

따라서 원가량이 할 수 있는 이야기는 고작해야 쾌차하라는 말이 전부였다.

슬슬 자리를 뜨려던 원가량을 하후강이 붙잡았다.

"그 여인은 어떻게 됐나?"

"…무슨 여인 말이오?"

"천하의 번천검랑의 구애를 거절한 여인 말일세."

흉금을 털어놓는 사이까지는 아니더라도 두 사람은 제법 많은 이야기를 나누곤 했다. 특히 유서현에게 거절, 아니, 거부당한 이후 원가량의 이상 징후를 포착하고 이유를 물을 수 있는 유일한 자가 하후강이었다.

물론 그 여인이 유서현이라는 것까지는 모른다. 그래서 아무렇지도 않게 물을 수 있는 것이겠지만.

원가량은 심드렁히 말했다.

"어떻게 되긴. 거절당했으면 그걸로 끝이지 뭐가 더 있소?"

원가량은 심드렁히 말했다. 유서현 때문에 주화입마에 빠지기까지 하였으니 연모의 정이야 변함이 없겠지만, 거절당했으니 그걸로 끝이라는 마음이 컸던 탓이다.

하후강은 그런 원가량의 태도에 눈살을 찌푸렸다.

"이런 미련한 사람 같으니. 사내대장부가 한 번 거절당했다고 꼬리를 내리는 법이 어디 있나? 그리고 세상에 어떤 여인이 사내의 구애를 바로 받아들이겠나?"

"……."

하후강은 이미 혼인하여 가정을 이룬 지 십 년이 넘었다. 반면 원가량은 항주를 넘어 중원 전역에 유명한 풍류남아로 수많은 여인과 만남을 가졌으니, 이때 두 사람은 남녀상열지사에 대해 충고를 주고받는 입장이 뒤바뀌었다고 볼 수도 있었다.

이는 원가량을 곁에서 오래 두고 지켜본 하후강이 누구보다 잘 알고 있었다. 자신이 가정에 충실했던 세월 동안 원가량은 수없이 많은 상대를 갈아치웠으니, 그가 하는 말은 남녀 관계에 있어 지극히 일반론에 가까웠다.

그런데 십대의 소년에게도 먹히지 않을 충고를 들은 원가량의 표정이 묘했다. 원가량은 잠시 생각에 잠기더니, 고개를 갸웃거리며 되물었다.

"다들 그런 거 아니었소?"

뜻밖의 대답에 오히려 하후강이 당황했다. 다들 그런 거 아니냐는 원가량의 말이 무슨 뜻인지 머리로는 알겠지만 선뜻 받아들이기 힘들었던 것이다.

"설마… 다들 한 번에 넘어오던가?"

믿지 못해 묻는 하후강에게 원가량은 그게 뭐 이상하냐는 투로 대답했다.

"내 손을 잡지 않은 여인은 한 사람도 없었소. 뭐, 대개는 그 전에 스스로 다가왔지만."

"허어……!"

하후강은 절로 탄식했다.

곽추운의 수하로 투신하여 원가량을 알아온 지도 어언 십오 년. 가깝다면 가깝고 멀다면 먼 동료의 인간관계가 이토록 편협했을 줄은 꿈에도 몰랐던 것이다.

하후강은 얼굴을 찡그리며 말했다.

"아니야. 대개 그렇지 않다네. 자네가 특별한 경우지."

"특별하다고?"

반문하는 원가량을 보며 하후강은 무슨 말을 어떻게 해야 좋을지 고민했다. 그러나 하후강은 달변과는 거리가 먼 자다. 아니, 원체 말수가 적은 편이어서 선뜻 입이 떨어지지 않았다.

"어쨌든… 한 번 거절당했다고 포기하는 건 못난 사내나 할 짓이라네. 이건 내 생각이 아니라 다들 그렇게 생각하는 바이니 의심스럽거든 나가서 아무나 붙잡고 물어보게."

"으음……"

원가량에게 하후강의 말은 신선한 충격이었다.

믿을 수 없는 일이지만 이제껏 그의 구애를 거부한 여인은 없었다. 반면 그에게 추파를 던지고 두 번, 세 번 끈질기게 들러붙던 여인은 셀 수도 없었다.

원가량은 그런 여인들을 기피하고 경멸하였으며 혐오스러워했다. 그러니 유서현에게 거절당하고 난 후 다시 다가갈 엄두를 내지 못했던 것이다. 자신에게 달라붙던 여인들을 보던 그 눈으로 유서현이 자신을 본다는 것은 생각하기만 해도 끔찍한 일이었으니 당연했다.

그런데 그 당연한 생각이, 다른 누구도 아닌 하후강에게 부정당했으니 이만저만한 충격이 아니었다. 원가량은 애써 아무렇지도 않은 척을 하며 하후강의 방을 나섰다.

하후강은 문이 닫히기 전에 목청껏 소리쳤다.

"정말 이 사람이다 싶으면 체면 돌보지 말고 들이대라고! 여자란 좋아도 싫다고 하는 족속이니까!"

쾅!

원가량은 신경질적으로 문을 닫았다. 그러나 하후강의 목소리는 어찌나 큰지 환자를 수용하는 건물 전체에 쩌렁쩌렁 울렸다. 무슨 일인지 내다보는 시선이 늘어나는 것을 느끼며 원가량은 도망치듯이 복기원을 빠져나왔다.

* * *

한편 같은 시각, 하후강이 역설한 일반론(?)을 몸소 실천하는 자가 있었다. 매시 매초 수많은 남녀가 사랑을 쟁취하기 위해 노력하고 있지만, 그중에서도 특히나 고령일 노인은 나이에 걸맞지 않게 맑은 눈을 빛내고 있었다.

 그 시선의 끝에는 노인과 어울리지 않는 젊은 여인이 있었다. 타오르는 불꽃을 인 듯 붉은 머리카락이 어색하지 않은 이국적인 이목구비의 여인이었다.

 이 순간에도 연모의 정을 나누고 있을 갑남을녀 가운데 이들이 유독 특이한 이유는 노인이거나 머리가 붉다는 등 외형적 조건에 국한되지 않았다.

 노인은 정파의 거목(巨木)이자 협의의 상징인 소수소면 송삼정이요, 여인은 사파의 거두(巨頭)이며 손이 매섭고 자비가 없기로 유명한 적발마녀 추영영이다.

 두 사람은 한때 정사로 나뉘어 대립각을 세우기도 했고 또 마종에 맞서 어깨를 나란히 하기도 했다. 대마신 철염이 쓰러지고 마종이 와해된 후 송삼정은 무림맹 장로회의 일원이 되어 쭉 무림을 이끄는 입장이었다. 반면 추영영은 잠적하여 아무도 그 행적을 아는 자 없어 자연히 잊혔던 바였다.

 이토록 다른 모습, 다른 운명의 두 사람이 은밀한 감정을 공유했다는 것을 아는 이는 극히 드물었다. 추영영은 겉보기로는 이십대 중후반이었지만 이는 그녀가 익힌 내공심법의

효능 덕이었지, 실제 나이는 송삼정과 크게 다르지 않았다. 두 사람의 인연은 실로 수십 년을 거슬러 올라가야 그 단초를 발견할 수 있었다.

그토록 오랜 시간 지켜온 연정이라면 마땅히 애틋한 만남이어야 할 텐데, 추영영은 보이지 않는 얼음의 벽이라도 세워 놓은 듯 냉랭하기만 했다. 그러나 송삼정은 추영영으로부터 불어오는 찬바람을 느끼지 못하는지 다소 고양된 얼굴로 말했다.

"그 암호를 기억하고 있을 줄은 몰랐군. 기대도 안 했는데……."

송삼정은 감격해서 말꼬리를 흐렸다.

두 사람이 피 끓는 청춘남녀이던 시절. 추영영은 아직 적발 마녀라는 악명을 얻기 전이었으나 출신이 불분명하다는 이유로 송씨세가로부터 장자(長子)의 짝으로는 적합하지 않다는 평가를 받고 있었다.

어느 시대에나 외부의 억압은 젊은 남녀의 사랑을 더 거세게 만드는 재주가 있다. 송삼정은 추영영과 만나기 위해 은밀한 암호를 만들었고, 그를 통해 날짜와 시간을 전하고 또 받을 수 있었다.

그로부터 무려 사십 년이 넘는 세월이 흘렀음에도 두 사람은 그 암호를 기억하고 있었다. 얼핏 담벼락의 낙서나 얼룩으로밖에 보이지 않는 암호를 말이다.

자연히 추영영을 불러내기 위해 항주 시내 전역을 돌며 암호를 적고 다녔던 송삼정으로선 감격스러운 일이었다.

"피차 쓸데없는 소리는 말아요. 나도 용건이 있어서 나온 거니까. 오라버니도 하실 말씀 있으면 어서 하세요."

그러나 여인은 사내와 달라, 언제까지고 달콤한 감상에 젖어 있을 여유가 없었다. 추영영이 차갑게 내뱉자 송삼정도 감격을 거두고 말했다.

"나는… 소매를 다시 한 번 만나고 싶었을 뿐이야. 그날은 어쩔 수 없이 공방을 펼쳐야 했지만……."

"흥! 나이를 먹어도 어쩔 수 없다는 핑계는 여전하군요."

추영영은 코웃음을 쳤다.

"뭐, 그건 상관없어요. 어차피 내 용건은 따로 있으니까."

"…주 선배에 관한 건인가?"

송삼정은 실망한 기색을 굳이 감추지 않았다. 추영영은 눈살을 찌푸리며 말했다.

"그 외에 내가 오라버니와 무슨 말을 나누겠어요? 주 선배는 어찌 되었죠?"

추영영과 주이원이 다시 모습을 드러낸 목적은 어디까지나 이극과 유서현을 무사히 항주에서 내보내기 위함이었다. 두 사람이 지금은 정체불명의 집단에게 납치당했으나(물론

이 시점에서 추영영이 그 사실을 알 수는 없었다) 어쨌든 두 발로 항주를 나갔으니 소기의 목표는 달성했다고 봐야 했다.

하지만 그 과정에서 치러야 할 대가가 예상 외로 컸다. 곽추운의 앞을 가로막았던 주이원이 단 일검에 무너진 것이다.

어쩔 수 없이 홀로 몸을 뺐던 추영영으로선 주이원의 안위보다 걱정되는 일이 없었다.

"목숨은 부지하였으니 걱정할 것 없다네. 맹주의 검이 무섭기는 했어도 주 선배의 공력도 보통 심후한 게 아니니 천만다행이었지."

"그랬군요."

어쨌든 목숨을 건졌으니 그걸로 됐다. 추영영은 겨우 마음의 짐을 덜었다. 비록 무림맹 한복판에 감금당한 신세일 테지만 죽기보다야 훨씬 나으니까.

"소매."

송삼정은 짧게 대답하고 입을 다문 추영영을 불렀다. 추영영은 무슨 일인지 어서 말하라는 눈빛을 던졌다.

"정말 그것밖에 할 말이 없나? 주 선배만 걱정되고, 나에 대해선 궁금한 게 하나도 없는 것이야?"

"정말… 예나 지금이나 변한 게 없군요. 오라버니가 그렇게 좋아하는 협의에 비추어 생각해 봐요. 본인이 무슨 염치로 그런 말을 할 수 있는지 말이에요."

"……."

추영영의 말이 통렬히 송삼정의 가슴에 꽂혔다. 대답이 돌아오지 않자 추영영이 이어 말했다.

"당신들은 박가를 두 번 죽였어요. 숨을 끊어서 한 번, 그런 자가 존재했다는 사실 자체를 지워서 또 한 번. 곽추운이나 다른 자들은 그렇다 쳐도 오라버니마저 입을 다물고 있을 수 있나요? 내가 아는 송삼정이 그런 자였나요?"

"그건… 무림의 대의를 위해 어쩔 수 없는 일이었어."

날카롭게 꽂히는 추영영의 시선이 송삼정의 가슴을 후벼팠다. 송삼정은 침통한 얼굴로 했던 말을 반복했다.

"대의를 위해서는 어쩔 수 없는 일이었어."

이는 변명이며 동시에 진심이었다. 그리고 침묵하는 두 사람을 과거로 이끄는 길잡이기도 했다.

추영영과 송삼정은 누가 먼저랄 것도 없이 십오 년 전, 그날로 돌아갔다.

3

시간은 낮이었지만 사방이 어두웠다.

가느다란 광선 한 줄기도 허용치 않는 구름은, 그러나 대지에게는 오히려 축복이었다. 사방 눈 닿는 곳마다 가득한 시산혈해(尸山血海)을 무채색으로 덧칠해 주었던 것이다.

덕분에 대지는 처참한 몰골을 태양 아래 드러내는 참변을 면할 수 있었다. 아니, 도리어 잿빛의 하늘이 널브러진 시체들에게서 현실감을 앗아가 보는 이로 하여금 각별한 심상을 떠올리게까지 하는 것이었다.

시체의 바다 한가운데 대지가 맨 얼굴을 드러낸 곳이 있었다. 수천, 수만의 시체에 둘러싸여 원을 이룬 그 공간에 불과 스물도 안 되는 사람들이 두 발로 서 있었다.

사방 수십 리 안팎의 거리에서 살아 숨 쉬는 생명은 이들이 전부였다.

그러나 두 발로 서 있다 하여 딱히 망자보다 처지가 나은 것은 아니었다. 개중 서넛은 스스로 몸을 가누기 힘들어 타인에게 의지하였고, 또 몇몇은 오로지 정신력으로 무너지는 육신을 지탱하고 있는 듯 보였다.

그 시작과 끝이 어디쯤인지도 모를 오랜 사투의 끝에서, 자신의 모든 것을 쏟아낸 자들이었다. 살아남을 권리를 스스로 획득한 자들인 것이다.

그러나 끝내 살아서 승리를 쟁취했다기에는 이들을 둘러싼 공기가 심상치 않았다. 생존의 기쁨도, 승리의 환희도 없고 다만 분노와 슬픔이라는 두 실을 꼬아 팽팽히 당긴 긴장감이 보이지 않는 거미줄처럼 그들을 붙들어놓고 있었던 것이다.

팽팽히 당겨진 거미줄을 헤집으며 나선 이는, 그들 중 유일한 여인, 바로 적발마녀 추영영이었다.

타오르는 불꽃처럼 붉은 머리도 이때만큼은 생기를 잃어 어둡기만 했다. 적들의 피로 인해 팔다리도 제 머리와 같은 색이 되어버린 추영영은, 벌써 열 번은 탈진하고도 남았을 몸을 억지로 버티며 말했다.

"대체 이게… 이게 뭐하자는 짓이야?"

힘은 없었지만 목소리에 담긴 분노만큼은 시퍼렇게 날이 서 있었다. 그녀의 앞을 가로막고 있던 사내들은 보이지 않는 검에 베일까, 저도 모르게 한 발씩 뒤로 물러났다.

추영영의 앞을 가로막고 선 자들. 모두 오십대 이상의 연장자로 구성된 사내들은 우습게도 정사를 막론하고 당대 최고로 꼽히는 고수들이었다. 그러나 그들 역시 시산혈해를 낳은 사투의 생존자다. 공력은 바닥났고 팔다리조차 뜻대로 부리기 힘든 지경이었다.

그럼에도 불구하고, 아니, 그렇기 때문에 그들은 체면 따위는 헌신짝처럼 버려두고 서로를 의지해 인간 벽을 세워 추영영의 앞을 가로막고 있었다. 인간 벽을 형성한 자들 중 하나가 추영영에게 말했다.

피로로 찌든 목소리였다.

"적발마녀, 경거망동하지 마라."

"뭐?"

추영영은 눈썹을 치켜올렸다. 그러나 적발마녀는 말보다 손을 앞세우는 여인이다. 이것만 봐도 지금 그녀의 상태 역시 간신히 서서 인간 벽을 형성한 사내들보다 나을 게 없음을 알 수 있었다.

"대체 무슨 짓거리를 하는지 모르겠는데, 얼른 비켜! 다 끝났잖아!"

"아니. 아직 끝나지 않았다."

백발이 성성한 노인은 무겁게 고개를 저었다. 그리고 노인의 말에 힘을 실어주려는 듯, 인간 벽 뒤편에서 낭랑한 목소리가 넘어왔다.

"상관 선배의 말대로요. 아직은 끝난 게 아니오."

목소리의 주인은 이 자리에 있는 자들 중 최연소일 삼십대 중반의 청년, 파검룡협 곽추운이었다.

곽추운의 미소가 정사의 내로라하는 절정고수들이 형성한 인간 벽 틈바구니를 뚫고 추영영의 눈 속으로 파고들었다.

여인의 직감이었을까, 아니면 노련한 고수의 직관이었을까? 추영영은 곽추운이 던진 수려한 미소가 형언할 수 없이 불길하다는 것을 깨달았다.

추영영은 저도 모르게 소리치며 달려들었다.

이제 그만해요, 우리… 217

"곽가 놈! 무슨 수작을 부리는 거냐!"

그러나 추영영의 발은 느렸고, 쇄도하는 모양에서 평소의 날카로움이라고는 눈을 씻고 찾아봐도 볼 수 없었다. 인간 벽을 형성하고 있던 사내들만큼 추영영도 지쳤으니, 그녀의 돌진은 허무히 저지당하고 말았다.

"이거 놔라! 미친 새끼들아!"

추영영은 욕지거리를 하며 몸부림쳤다. 어디서 그런 힘이 나왔는지 몰라, 사지를 붙든 사내들도 힘에 부칠 정도였다.

곧 사내들을 떨쳐 낸 추영영은 곽추운을 향해 다시 뛰었다. 그러나 그런 그녀를 한 장년인이 붙들었다.

"추 소매!"

익숙한 음성과 손길. 추영영은 돌아보기도 전에 그자가 누구인지 알 수 있었다.

"이거 놔요!"

사십대 후반으로 머리가 희끗희끗해지기 시작한 송삼정은, 자신과 달리 여전히 이십대 처녀의 모습을 유지하고 있는 추영영을 강하게 붙잡았다.

"소매! 제발 가만히 있어줘. 제발!"

송삼정은 애원하듯 말하며 추영영을 붙잡았다. 다른 이들과 달리 송삼정은 반 푼이나마 공력이 남아 있었고, 그 공력으로 추영영을 단단히 붙잡을 수 있었다.

빠져나가려는 이와 붙잡으려는 이.

실랑이를 벌이는 두 사람에게서 옮겨간 시선에는 실랑이 조차 부릴 수 없게끔 제압당한 노인이 있었다.

자랑하는 예술 작품이자 수족이었던 이형(異形)의 괴뢰 인형을 모두 잃어버린 노인은, 살고자 하는 의지도 함께 잃었는지 두 장년인의 손에 제압당해 무기력한 눈을 하고 있었다. 사파무림의 거물인 괴형노인 주이원이었다.

정사의 구별이 있다 해도 배분상으로는 까마득한 선배다. 곽추운은 고개를 까딱거린 것으로 후배로서 해야 할 본분을 다하고 걸음을 옮겼다.

몇 걸음 가지 않아 곽추운의 발이 멈췄다.

수 장 거리를 두고 노인과 장년인, 두 사람이 각기 다른 모습으로 쓰러져 있었다. 그들은 바닥에 누워 미동조차 하지 않고 있었으며, 팔다리가 관절에 맞지 않는 방향으로 꺾여 있어 얼핏 보면 주변의 시체들과 다를 게 없었다.

그러나 두 사람 모두 반 모금 진기를 체내에 남겨두고 있다는 걸 곽추운은 알 수 있었다. 지극히 미세한 그 진기가, 두 사람을 이승에 붙들어 매는 것이었다.

물론 그렇다고 해서 좋게만 볼 수는 없었다. 두 사람은 언제 숨이 끊어져도 이상할 게 없었고, 살아난다 한들 온전한 모습으로 돌아온다는 보장도 없었다. 불구가 되면 오히려 다

이제 그만해요, 우리…

행이라고 여겨야 할 판이었다.

 그러나 만에 하나, 혹은 억의 하나라도 본 모습을 되찾을 가능성이 조금이라도 있다면 지금 그 싹을 뽑아야 한다. 대지에 뻗은 거구의 장년인은, 그 존재만으로 무림을 검게 태울 수 있는 거대한 불꽃이니까.

 전 무림을 붕괴 직전까지 몰고 갔으며 이 시산혈해의 참극을 일으킨 장본인. 중원의 무림인들에게 미증유의 공포를 심어준 마종의 대마신 철염이 바로 그였던 것이다.

 곽추운은 조심스럽게 걸음을 떼 철염의 앞에 섰다.

 세상 두려울 것 없던 패기, 불패의 명성, 명문세가의 힘.

 곽추운이 가지고 있던 모든 것을 무참히 짓밟았던 자가 자신의 발밑에 쓰러져 있다. 미약하게 부풀었다 가라앉기를 반복하는 가슴은 마치 살려달라는 듯 구차한 몸짓으로 동정을 구하고 있었다.

 '이자가… 정녕 그자가 맞단 말인가?'

 대마신 철염.

 새외 마종의 일원으로 홀연히 나타나 중원의 수많은 고수를 무너뜨린 자. 곽추운 역시 당해내지 못하고 가족과 친구의 희생으로 겨우 목숨을 부지했을 만큼 천외천(天外天)의 경지에 올라섰던 자.

 세간의 평 그대로 신(神)이 아닌가, 의심하게 만들었던 바로 그 철염이었다.

　무엇보다 산산조각 난 자존심이 불러일으킨 증오가 곽추운의 가슴속에 불을 지폈다. 곽추운은 아직도 낯선 검 손잡이를 고쳐 쥐었다.

　스릉―

　검집을 빠져나온 검이 눈부신 나신을 세상에 선보였다. 검은 불꽃에 산산조각이 난 애검 백뢰의 자리를 대신하고 있는 벽섬(碧閃)이었다.

　벽섬은 곽씨세가 대대로 내려온 보검이다. 예리함과 강도는 백뢰와 비할 바 없는 상중상의 보검이었다. 그러나 아직도 곽추운은 손안의 낯선 감각을 느낄 때마다 부서진 애검을 그리워하곤 했다.

　"끄으… 으윽……."

　낯선 보검을 든 곽추운의 발밑에서 나직이 신음 소리가 들려왔다. 놀란 곽추운이 한 걸음 뒤로 물러섰다.

　신음 소리는 분명 철염의 입에서 흘러나온 것이었다. 그러나 철염은 여전히 사경을 헤매고 있었다. 다 죽어가는 이의 신음 소리가 천하의 파검룡협을 물러나게 한 것이다.

　"……!"

　곽추운의 얼굴이 수치심으로 물들었다.

　끝까지 자신을 초라하게 만드는 철염을 향해 가슴속 불길이 새삼스럽게 치솟았다. 곽추운은 벽섬을 하늘 높이 세웠다.

그러나 하늘을 향했던 벽섬의 검극이 내려오지 않았다.

과연 이런 결말로 괜찮은 걸까. 마지막의 마지막에 와서 무인의 자존심이 곽추운의 어깨를 붙잡은 것이다.

망설이는 곽추운의 등으로 독려의 목소리가 날아들었다.

"망설이지 마시오! 처음부터 대마신의 목을 베는 자는 곽가주여야 했소!"

목소리를 향해 곽추운은 고개를 돌렸다.

사지를 피로와 부상에 빼앗기고도 의지 하나로 서 있는 백발의 노인. 상관가문의 가주, 태양선협(泰陽仙俠) 상관우(上官羽)였다.

검붉게 굳어 눌러 붙은 피딱지 아래, 상관우의 두 눈이 빛을 발했다.

"그것이 대의(大義)요!"

대의라는 그 말이 곽추운의 등을 떠밀었다.

벽섬의 검극이 빠르게 내려왔다.

솟아오른 핏줄기가 허공에 붉은 입자를 흩뿌렸다. 분혈(噴血)의 발원지로부터 떨어져 나간 무언가가 경사를 따라 몇 바퀴 굴렀다.

몸을 잃고 굴러간 대마신의 머리는 여인의 앞에서 멈췄다. 그를 따라가던 곽추운의 시선에 실성한 사람처럼 몸부림치는 추영영이 들어왔다.

"이거 놔! 놓으란 말이야!"

곽추운이 철염의 목을 베는 순간, 추영영의 벗어나려는 움직임이 더욱 거세졌다. 빗나가지 않는 불길한 예감이 그녀를 미쳐 날뛰게 만든 것이다.

자연히 추영영을 구속하고 있는 송삼정의 팔에도 힘이 들어갔다.

"……."

발광하는 추영영의 몸짓이 향하는 곳으로 곽추운의 시선도 자연스럽게 옮겨갔다. 그 끝에 쓰러져 있는 한 노인이 있었다.

이름도 모르고, 출신도 모른다.

심지어 그 무공의 연원도 짐작할 수 없다.

다만 알려진 것은 박(朴)이라는 드문 성씨와 약초를 캐서 내다 팔며 근근이 생계를 꾸려나간다는 정도다.

중원무림인들에게 이 박가라는 노인은 어떤 면에서는 대마신 철염보다 더 신비스러운 존재였다. 아니, 대부분은 지금 이 순간까지도 박가라는 노인의 존재조차 모를 것이다.

대마신 철염과 양패구상(兩敗俱傷)하여 마종으로부터 중원무림을 구해낸 이 순간까지도.

"…그것이 모두에게 다행이겠지."

상념의 끄트머리가 주인의 의지를 벗어나 입 밖으로 새어 나왔다. 그 말을 들은 추영영의 이마에 핏대가 섰다.

"죽고 싶지 않으면 당장 그만둬! 그만두라고!"

얼마나 소리를 질렀는지 목이 상할 대로 상해 있었다. 마른 논바닥처럼 갈라진 목소리가 모두의 귀를 무자비하게 긁어댔지만, 그녀에게 동조하는 이는 아무도 없었다.

곽추운이 물었다.

"우리 일에 동조하지 않는 자들부터 처리해야 하지 않겠소?"

살아 있는 자들 대부분은 이미 뜻을 같이 하기로 약조가 되어 있었다. 대부분이라 함은 추영영과 주이원을 제외한 모두였다.

상관우가 크게 고개를 끄덕였다.

"어차피 사파의 무리. 노부 또한 이 기회에 함께 처리하는 게 좋다고 생각하오."

상관가문은 손꼽히는 명문세가 중 하나다. 당대 가주인 태양선협 상관우 역시 손꼽히는 절정고수로, 한마디 한마디의 영향력은 아직 젊은 곽추운에 비할 바가 아니었다.

상관우가 그리 말하자 나머지도 동참의 뜻을 표명했다. 그중에는 정파의 인물도 있고, 사파의 인물도 있었다. 사파의 인물들조차 '어차피 사파의 무리' 운운하는 상관우의 말을 듣고도 모른 척, 추영영과 주이원을 외면했다.

그러나 저울이 한쪽으로 기울어지는 순간. 추영영을 붙잡고 있던 송삼정이 입을 열었다.

"불가(不可)하오."

"소수소면! 이제 와서 왜 다른 말을 하는 거요!"

상관우가 미간을 찌푸리며 힐난했다. 추영영도 발광을 그치고 송삼정을 올려다봤다.

"동의를 표한 사안은 하나일 뿐. 그 안에 적발마녀와 괴형노인의 처분은 포함되어 있지 않았소."

"뭐라?"

상관우의 눈썹이 꿈틀거렸다. 그러나 노회한 고수의 판단력은 분노에 앞서는 것이었다.

추영영은 송삼정이 직접 잡고 있으니 어쩔 수 없다. 하지만 주이원을 붙잡고 있는 두 사람 역시 송삼정과 깊은 친교를 나누기로 유명한 자들이다.

아차, 하는 생각이 상관우의 머리를 쳤다.

겉보기야 추영영과 주이원이 붙잡힌 것이었지만 실상은 송삼정이 둘의 신병을 확보한 셈이었다. 지금의 상황을 예측하고 미리 손발을 맞추지 않았다면 할 수 없는 일이었다.

이제 그만해요, 우리… 225

할 말을 잃은 상관우의 어깨 너머로 곽추운과 송삼정의 시선이 마주쳤다. 상관우와 달리 곽추운은 딱히 상관없다는 얼굴이었다.

"송 선배의 말씀인즉슨… 최초의 약속은 지킨다는 뜻이겠지요?"

"그렇소."

"그럼 됐습니다."

곽추운은 짧게 대답하고 몸을 돌렸다. 추영영과 주이원을 구하는 대신 곽추운을 방해하지 않겠노라, 송삼정의 확답을 받은 것이다.

송삼정의 손안에서 추영영은 온몸을 비틀어가며 소리를 질렀다. 그러나 곽추운은 추영영의 저주에도 아랑곳하지 않고 박가에게로 다가갔다.

박가를 발밑에 두고, 곽추운은 몸을 돌렸.

곽추운은 자신을 향한 시선들을 하나하나 짚어가며 말했다.

"두 분을 제외하고는 모두가 동의를 표한 일입니다. 그러나 손에 피를 묻히는 자가 이 곽 모라는 사실의 의미를, 여러분은 반드시 잊지 마셔야 할 겁니다."

추영영과 주이원을 제외하고, 상관우를 필두로 살아 숨 쉬는 자들 모두 고개를 끄덕였다.

모두 열두 명.

송삼정도 포함된 숫자였다.

곽추운은 정사를 아우르는 열두 명의 고수에게 마주 고개를 끄덕여 보이고 말했다.

"새로운 무림을 위해 어쩔 수 없는 희생이오. 저 세상에서 고인도 자랑스럽게 여길 거라 믿소."

말이 끝나자마자 벽섬이 그 날카로운 이를 다시금 내밀었다. 추영영은 몸부림치기를 그만두고, 오장육부가 뒤틀리는 고통 속에서 눈을 크게 떴다.

곽추운과 열두 명의 절세고수들이 아무것도 가진 게 없는 노인을 핍박하고, 희생을 강요하는 모습을 그대로 담아서 전달하겠다는 의지였다. 어차피 지금 그녀가 할 수 있는 일이라고는 고작 그게 다였다.

"새로운 시대의 밑거름이 되기를."

모두가 들을 수 있도록 말하고, 곽추운은 팔을 움직였다.

추영영의 부릅뜬 동공 위에 모든 게 정지한 자들이 그림 그려졌다. 아니, 끌과 망치로 새겨졌다는 표현이 더 어울릴 것이다.

자신에게 주어진 사명을, 추영영이 본능적으로 알아차렸다는 증거였다. 또한 이 순간의 분노는 세월에 풍화되지 않기를 다짐하노라—는 결의의 증명이었다.

이제 그만해요, 우리…

그리고… 끝내 곽추운의 팔이 움직였다.

"그때 내가 추 소매와 주 선배를 막지 않았다면, 둘 다 그 자리에서 죽고 말았을 거야. 아직도 모르겠나?"

떠올리고 싶지 않은 기억 속에서 추영영을 건져 올린 것은 송삼정의 말이었다. 추영영은 송삼정을 노려보며 말했다.

"그래서… 지금 변명이나 하자고 나를 부른 건가요?"

"그게 아니야."

송삼정은 고개를 젓고, 결연히 말했다.

"나는 곧 항주를 떠날 거야. 소매도 언제까지고 항주에 있을 수는 없잖아? 나와 함께 가면 별일 없이 성문을 통과할 수 있을 테니까. 내가 보자고 한 건……."

"싫어요."

추소형은 송삼정의 말이 끝나기도 전에 딱 잘라 거절했다.

"친구를 두고 혼자 살아남는, 그 비참한 꼴을 두 번이나 겪으란 건가요? 그렇죠. 오라버니는 모를 거예요. 그게 얼마나 고통스러운 일이었는지."

"내 말은……."

송삼정은 말을 잇지 못했고 추영영은 아픈 미소를 지었다. 시간의 흐름을 거스르는 마녀는 너무나 아름다워서, 그 위에 떠오른 미소는 더욱 서글펐다.

"이제 그만해요. 우리."

추영영은 웃으며 말했다.

"생각해 보니 나도, 오라버니도 이 말을 하지 않았더군요. 이제 와서 이런 말 하는 것도 우습지만… 다시는 보지 않는 게 서로에게 좋겠어요. 저도 그렇고, 오라버니 입장도 난처해질 뿐이잖아요."

"아니야. 그렇지 않아."

부정하는 송삼정의 입술을, 어느새 다가온 추영영의 손가락이 막았다. 그리고 추영영의 신형은 송삼정을 스쳐 지나갔다.

안녕.

귓가에 남은 한마디가 잠시 넋을 잃었던 송삼정을 깨웠다. 송삼정은 재빨리 뒤를 돌아봤지만 이미 추영영의 신형은 사라져 보이지 않았다.

주인을 잃고 헤매는 향기만이 송삼정의 코끝을 간질여 추영영의 온기를 대신하고 있었다.

第六章 두 사람의 방문객

蒼龍魂 창룡혼

1

"위험합니다."

어둡고 좁은 방에 모인 다섯 그림자 가운데 하나가 딱 잘라 말했다. 다른 그림자도 그에 동의하며 고개를 끄덕였다.

하나 고개를 끄덕이지 않은 그림자가 다소 격앙된 목소리로 말했다.

"그럼 이대로 포기하자는 거요?"

"굳이 저들이 원할 때 응해줄 필요는 없다는 말입니다. 어차피 우리 손에 '그것'이 있는 한 혼공도 동생 분을 함부로 손대지 못할 겁니다."

"지금 내 동생을 말하는 게 아니지 않습니까!"

그림자는 분통을 터뜨리며 자리에서 벌떡 일어났다. 자그만 틈새로 스며들던 빛들이 일어난 그림자의 얼굴에 가는 선들을 그었다.

이십대 중후반의 사내는 눈썹은 짙고 눈빛은 형형하다. 작은 얼굴에 이목구비가 꽉 들어차 조화를 이루고 있으니 보기 드문 미남자다.

경극 배우 같은 원가량의 미모에 비하자면 한 수 뒤처지기는 한다. 하지만 올곧은 기상이 그대로 드러나는 솔직함은 이십대의 젊음과 어우러져 보는 사람으로 하여금 절로 미소 짓게 만드는 힘을 가지고 있었다.

그러나 빼어난 외모에 어울리지 않게 청년의 행색은 남루하였다. 옷은 언제 빨았는지 모를 만큼 더러웠고 얼굴에는 불안과 초조, 긴장이 뒤섞여 금방이라도 터질 것처럼 부풀어 있었다.

"나는 지금 동 형의 이야기를 하고 있는 겁니다. 내 동생을 데리러 갔다 당하지 않아도 될 봉변을 당한 게 아닙니까."

청년, 전 무림맹주 직속 비밀조직 선열대의 대주 유순흠은 눈에 불을 밝히며 말했다. 다소 날카로운 인상의 전 선열대 부대주 초무열(楚武列)은 겉보기보다 더 차갑게 대답했다.

"동생 분을 모셔야겠다는 것은 우리 모두가 뜻을 함께 한 결정입니다. 그리고 대주님의 가족이라서 위험을 무릅쓴 게 아닙니다. 가족이 있는 자들은 모두 조치를 취하지 않았습니까?"

초무열은 그리 말하며 좌중을 둘러봤다.

대주를 따라 무림맹을 나온 세 사람의 대원 모두 고개를 끄덕였다. 애초에 맹주 곽추운을 배신하면서 가족을 신경 쓴 것은 유순흠이었다. 대원들의 가족을 먼저 빼돌려 보호하고, 자신의 노모와 여동생은 가장 마지막으로 미룬 것이다.

유순흠은 그러한 자신의 결정에 한 점 후회도 없었다. 하지만 유서현이 스스로 곽추운을 찾아가 오빠의 행방을 묻고 있다는 소식을 들었을 때에는 뒤통수를 얻어맞은 표정을 감출 수 없었다.

어쨌든 위험을 무릅쓰고 동승류가 항주로 잠입한 것은 대주의 명령이 아니라 그들 자신의 선택이었다. 물론 곽추운이 아니라 혼공에게 잡힐 거라고는 예상치 못한 일이지만, 그만한 각오도 없이 시작한 일도 아니란 뜻이었다.

유순흠은 한숨을 쉬며 말했다.

"어쨌든 나는 동 형을 구하겠소. 여러분은 여기서 일단 대기하시오."

"같이 가겠습니다."

초무열의 대답을 들은 유순흠은 얼굴을 찌푸렸다.

능력은 출중하나 젊고 경험이 일천한 대주를 보좌하기 위해 선발된 초무열이다. 노련하고 냉정하며, 자신의 말에 책임을 질 줄 아는 사내였다.

그런 자가 손바닥 뒤집듯이 제 말을 스스로 번복하는 데 조금의 망설임도 없으니 어이없는 일이었다.

"그럴 필요 없소. 나 혼자만으로도 충분하오."

"동생분도 구하려면 대주 혼자서는 무립니다. 안 그런가?"

초무열은 주변을 둘러보며 동의를 구했다. 나머지 선열대원들도 눈을 빛내며 말했다.

"그렇지."

"대주 혼자 어디를 보내?"

"혼공, 그 너구리 영감이 뭔 함정을 파놨는지 모르는데 거길 혼자 들어가겠다고? 안 될 말이지. 암."

곽추운은 몇 개의 비공식 조직을 운용하고 있었다. 선열대는 그중 하나로, 곽추운과 혼공 사이를 오가며 의사를 즉각 전달하는 임무를 수행하고 있었다.

따라서 대라고 하기에는 구성이 단출하여 무림맹의 편제 방침에 어긋나는 면이 있었다. 그렇지만 곽추운을 향한 충성심이 높고 후일 처리가 용이하도록 별다른 배경이 없으면서도 능력이 출중한 인원을 추리다 보니 수가 얼마 안 되는 것이 당연했다. 주어지는 임무도 대개 서신이나 말을 전하는 것이니 다수의 인원이 필요하지도 않았다.

하지만 구성이 단출한 만큼 결속력도 대단했다.

대주 이하 전 대원이 한마음 한뜻으로 맹주를 배신하고 잠적하였으니 말이다.

"동승류 그놈이 배신을 했을 수도 있잖아?"

대원들 중 하나가 농담처럼 던졌다. 그러나 유순흠으로선 좌시할 수 없는 이야기였다.

"그럴 리 없소."

대원들에게는 한없이 너그러운 대주였지만, 이런 사안에 있어서만큼은 엄격했다. 시답잖은 의견이 묵살당하는 것을 지켜본 초무열이 넛붙었다.

"배신을 하려거든 맹주에게 붙었겠지."

"하긴."

핵심을 짚는 부대주의 설명에 말을 꺼냈던 자가 고개를 끄덕였다. 그 역시 진심으로 동료의 배신을 말한 것은 아니었다.

어쨌든 다들 뜻을 모으는 분위기다 보니 유순흠은 당황하지 않을 수 없었다.

"이러지들 말고 잘 생각해 보시오. 나는 절대 혼공과 타협

할 생각이 없고, 따라서 이건 위험하기 짝이 없는 일이 될 것이오. 나를 따라서 위험을 자처할 필요가 없단 말이오."

"대주가 가는데 우리가 안 가면 쓰나."

배신의 가능성을 농담처럼 던졌던 사내가 말했다. 유순흠은 손을 휘휘 저으며 말했다.

"난 이제 대주도 뭐도 아니라고 말하지 않았소."

"대주도 아닌데 왜 이래라 저래라야? 내가 가겠다는데!"

돌아온 대답이 이 모양이니 유순흠도 할 말이 없었다. 초무열은 가볍게 웃으며 망연자실한 대주의 목에 팔을 걸쳤다.

"그만 포기하십시오. 어차피 대주를 따라서 맹주를 등질 때부터 한 번은 버린 목숨이니까요."

"……."

대주를 침묵시키고, 초무열은 시선을 돌렸다. 달뜬 분위기 속에서 유난히 침착한 자, 선열대의 홍일점 조능설(趙綾雪)이 거기 있었다.

"능설은 빠진다."

"예?"

초무열의 말에 조능설이 고운 눈을 치켜떴다. 그 사나운 기세에 다른 두 대원이 움찔했지만 초무열은 아랑곳하지 않고 말했다.

"우리가 다 가면 '그것'은 누가 지켜야 하나 생각해 봐라.'

"하지만 그게 왜 저여야 합니까!"

조능설은 비록 여인의 몸이지만 권각의 수법이 다른 대원들보다 나았다. 그러나 초무열은 고개를 저었다.

"'그것'을 지키는 게 그만큼 중요하기 때문이다. 아니냐?"

"납득할 수 있는 이유를 들어주십시오."

"곤란할 텐데?"

초무열은 날카로운 표정 속에 언뜻 장난기가 서렸다. 그를 보지 못한 조능설이 발끈했다.

"곤란할 것 없습니다. 말씀하십시오."

"…다른 대원들의 가족처럼, 대주의 가족도 보호해야 하기 때문이다."

"……!"

초무열의 말이 떨어지기 무섭게 조능설의 얼굴이 붉어셨다. 무슨 말인지 몰라 잠시 어리둥절해하던 유순흠은, 조능설이 두 손으로 아랫배를 가리는 걸 보고 깨닫는 바가 있어 말했다.

"설마……?"

조능설은 아무 말도 못 하고 고개를 끄덕였다. 다른 선열대원들도 모두 사십대의 장년이니 두 사람의 반응이 무슨 뜻인지 모를 리 없었다. 초무열을 비롯한 세 사람은 이십대 청춘 남녀를 놀리듯 한바탕 웃었다.

"그런 연유로, 조능설은 남아서 예의 '그것'을 지키기로 한다. 동승류와 대주의 여동생 구출은 넷이면 충분하겠지. 이의 있나?"

"없습니다."

왕수림(王秀林)과 양화규(梁華圭), 두 전 선열대원이 입을 모아 외쳤다. 초무열은 만족스러운 얼굴로 고개를 끄덕이고 유순흠을 돌아봤다.

"초무열 이하 이 인, 대주와 함께 하겠습니다."

초무열은 시시덕거리는 두 사람을 끌고 밖으로 나갔다. 둘만 남게 되자 비로소 유순흠은 조능설에게 다가갔다.

"왜 내게 먼저 말하지 않았소?"

"이런 때에 어찌 그런 말을 할 수 있겠어요?"

앞서 말했듯이 선열대는 무림맹원 가운데에서도 선별 과정을 거쳐 발탁된 인원들이다. 받쳐 주는 배경 없이 올라온 만큼 자존감도 강한 자들이다. 그런 그들이 대주의 선택을 존중하여 단체로 맹주를 배신하고 쫓기듯 다니는 지금이 조능설이 말하는 '이런 때'였다. 무한대에 가까운 지원이 하루아침에 끊기고 가지고 있던 돈도 바닥이 나서, 제대로 된 식사와 잠자리는 먼 나라 이야기가 된 것이다.

"내가 죄인이구려."

유순흠이 침울한 얼굴로 말했다. 조능설은 빙긋 웃으며 다가가 유순흠의 흐트러진 옷매무새를 고쳐 주었다.

"그런 말씀 마세요. 초 부대주도, 저도, 다들 스스로 판단해서 유 가가를 따라온 거잖아요. 유 가가가 옳다고 생각해서 따르는 거니까, 그렇게 생각할 필요 없어요."

그러나 조능설은 이 성실한 사내가 끝까지 마음의 짐을 덜지 못하리라 생각했다. 그런 성정에 반하기도 했지만.

"아가씨가 궁금하네요. 유 가가의 동생이니 얼굴은 예쁘겠죠?"

조능설은 유순흠의 마음을 가볍게 하기 위해 화제를 돌렸다. 동생의 이야기가 나오자 유순흠의 얼굴에 화색이 돌았다.

"서현이 말이오? 얼굴은 달기나 서시도 울고 갈 미인이라오. 나와는 비교도 안 되지. 머리도 명석해서 웬만한 책은 앉은 자리에서 외운다오."

"저보다 예쁜가요?"

저를 위해서 화제를 돌렸는데 동생 얘기가 나왔다고 그저 좋아하며 칭찬을 늘어놓는 모양이 아니꼽다. 조능설이 불편한 심기를 내비치니, 그제야 유순흠은 잘못을 깨닫고 머리를 긁적였다.

"그럴 리가 있소? 내 눈에는 설매가 가장 예쁘오."

"입에 침이나 바르세요. 대주님."

조능설은 장난스럽게 혀를 내밀고 유순흠의 품에 안겼다.

그리고 속삭였다.

"꼭 돌아오셔야 해요. 꼭."

조능설이 여인의 몸이지만 본신 무공은 선열대 내에서도 유순흠과 초무열 다음가는 실력자였다. 그러나 지금, 정인을 위험한 곳으로 보내며 불안에 떠는 모습은 여염집 처자와 다를 게 없었다.

불안해하는 조능설이 안타깝고 또 사랑스러워, 유순흠은 그녀를 꼭 끌어안고 몇 번이나 다짐했다.

"반드시 돌아오겠소. 돌아오면 혼례를 올립시다. 배가 더 부르기 전에 말이오."

천하제일인을 배신하고 도주 중인 그들이다. 유순흠이 동생과 부하를 무사히 구출해 돌아온다고 해도 속 편히 혼례를 올릴 여유는 없을 것이다. 설령 여유가 생긴다 해도 그런 개인사에 쓸 유순흠이 아니니 말이다.

그러나 조능설은 눈을 감고 유순흠의 입에서 좀처럼 들을 수 없는 거짓말에 몸을 맡겼다. 비록 한순간일지라도, 두 사람이 같은 그림을 그리는 달콤한 꿈에 빠져 있고 싶었다.

2

유서현이 괴한들에게 잡혀와 감금당한 지도 오 일이 지났다.

혼공은 첫날 이후로 얼굴도 비치지 않았다. 하루 세 끼 식사가 들어오고 빈 그릇이 나가는 것을 제외하면 일체의 출입도 없어, 손발이 묶인 걸 제외하면 몸만은 집을 나온 이래 가장 편안한 때를 보내고 있었다.

첫날은 몸은 편해도 마음 한곳이 꽉 막힌 듯 답답했다. 유서현 스스로도 잡힌 상태면서 다른 이들이 걱정됐던 것이다.

자신을 감추지 않는 혼공은 분명 대단한 고수다. 하지만 유서현은 그것보다 설명할 수 없는, 노인이 온몸에 두르고 있는 위험한 기운을 볼 수 있었다.

그것은 일신상의 무공이 높고 낮음과는 별개의 영역에 존재하는 듯했다. 설령 혼공이 무공을 모르는 촌부라 해도 경계하지 않을 수 없을 거라고 유서현은 생각했다.

그런 자의 물건을 훔치고 척을 졌으니 오빠인 유순흠이 걱정되어 견딜 수가 없었다. 물론 자신이 인질로 잡힌 것으로 오빠의 안위가 무사함을 확인할 수 있으니 그것은 좋았지만.

오빠에 이어 유서현을 괴롭힌 것은 이극의 존재였다.

유서현이야 인질치고는, 아니, 인질이기 때문에 비교적 괜찮은 대접을 받고 있지만 이극도 그러리란 보장이 없었던 것이다. 게다가 혼공은 이극이 유서현과 별개로 그들과 관계가 있어서 잡아놓고 있다 하였으니, 여러 가지로 신경 쓰이는 일이 많아 마음이 편치 않았다.

하지만 언제까지나 걱정만 하고 있을 수는 없는 일. 하루가 지나자 유서현은 마음을 정리하고 걱정보다는 지금 이 시간은 어떻게 활용할지 고민했다. 오빠나 이극이나, 항상 자신이 의지했지 걱정해야 할 사람들은 아니었으니 말이다.

더구나 따지고 보면 이극이 잡힌 것도 자신 때문이다. 유서현이 홀로 항주를 나갈 수 있었더라면, 무슨 일이든 스스로 헤쳐 나갈 힘이 있었더라면 이극은 오랫동안 영위해 왔던 항주 뒷골목 해결사로서의 삶을 지금도 이어나가고 있을 것이다.

그런 발상이 꼬리에 꼬리를 물어, 유서현은 자신이 이제껏 수련해 온 무공이 무엇을 위해서인지 깊은 생각에 잠겼다. 무가에서 나고 자란 소녀는 가전의 무공을 숨 쉬는 것처럼 자연스럽게 익혔지만, 막상 그것을 왜 익혀야 하며 어떻게 써야 하는지를 깊이 생각해 본 적이 없었다.

무와 협에 관한 아버지의 가르침은 정론이었지만 그것은 아버지의 것이지, 유서현의 것이 아니었다. 그저 배운 대로 외워서 그것이 옳다고 여기는 것과 스스로 경험한 모든 것에 비추어 탐구하고 체득(體得)하는 것과는 크나큰 차이가 있었다. 결국 이극까지 위험에 빠뜨린 까닭은 소녀에게 자신의 문제를 스스로 해결할 수 있는 힘이 없었기 때문이었다.

유서현은 처음으로 자신의 무력함을 통감했다.

하지만 절망에 빠져만 있을 유서현이 아니다. 꺾이지 않는 의지야말로 소녀를 구성하는 가장 핵심적인 성분이니까.

그래서 유서현은 쌍아대와의 싸움에서 자신이 무엇을 얻었는지 곰곰이 되짚었다. 쌍아대와의 사투로 인해 향상된 실력은 다음날 쌍검랑사와의 대결에서 입증되었지만, 단순히 몸이 기억하는 것을 넘어 무리로 정립해 놓아야 온전히 제 것이 된다고 여긴 것이다. 누구도 가르쳐 주지 않은 상황에서 홀로 이러한 결론에 도달하였음은 칭찬받아 마땅했다.

하여 감금된 지 이틀째부터 유서현은 항주에 와서 겪었던 모든 일전을, 하나하나 되살려내며 그로부터 자신이 얻은 것과 잃은 것, 개선해야 할 점을 정리해 나갔다.

그중에는 쌍아대와의 싸움에서 단 일합을 겨루고 도망쳤던 상대도 있었다. 놀랍게도 유서현은 당시의 상황을 틀림없이 기억해 내고 그것을 토대로 고작 일 합을 겨루었던 상대의 무공 성취와 버릇, 장단점을 속속들이 파악해 냈다. 그리고 그 정보를 바탕으로 백여 초가 넘는 비무를 펼치는 것이었다.

물론 유서현은 강호에 나온 지 채 석 달도 안 되는 풋내기였고, 경험이 일천하니 수많은 상대를 구현해 내기에는 부족함이 많았다. 하나 경험은 언젠가 채워지게 마련이니, 이러한 시도를 가능케 하는 소녀의 재능은 분명 비범한 구석이 있었다.

두 사람의 방문객 245

그렇게 유서현은 자신의 팔이 닿지 않는 곳에 위치한 근심과 걱정을 잊고 가상의 적들과 머릿속 비무에 몰두했다. 작은 방 안에 손발이 묶여 감금되어 있었지만 소녀에게 환경은 중요치 않았다. 손발이 자유로울 때보다 오히려 더 큰 자유가 그 안에 있었다.

한편 유서현과 달리 이극에게는 식사도 제때 주어지지 않았다. 한 점 빛도 없는 지하 석옥에 며칠이나 가두어 놓고서는, 식사는커녕 신문도 없이 그저 방치할 뿐이었다.

'이놈들이 대체 무슨 수작이지?'

이극은 구석에 한 방울씩 떨어지는 물로 갈증을 달래며 정신을 차린 첫날 자신을 신문하던 노인의 의중을 헤아려 봤다.

"장부 때문에 널 잡아온 게 아니다."

아무렇지 않게 흘린 노인의 이 말이 이극에게는 많은 것을 알려주었다.

무색무취의 연기와 묘한 울림을 가진 소리에 당했으니, 정신을 잃는 와중에도 이극은 이것이 몇 달 전 만났던 괴이한 백의인들의 소행이라고 생각했다. 사람의 의식을 조종하여 대규모 납치극을 벌였던 자들의 수법과 일치했던 것이다.

당시 그들은 이극 한 사람으로 인해 근거지 중 하나를 잃어버렸다. 그 원한을 갚을 요량으로 이극을 찾아 납치했다고 한다면 수긍이 간다.

하지만 노인은 그에 관해서는 일언반구도 언급하지 않았고, 수행원들 중에도 이극을 알아보는 자는 없었다. 적어도 그 일의 복수를 하기 위해 납치한 것은 아니란 이야기였다.

게다가 장부 때문에 잡아온 게 아니라면, 이들이 객잔에 잠복해 있던 이유가 적어도 이극은 아니라는 뜻이 된다.

'역시 아가씨를 잡으려고 했던 걸까?'

괴이한 백의인들과 같은 수법을 쓴다는 점이 훼방을 놓았지만, 잡다한 것들을 치우고 보자면 역시 결론은 유서현이었다. 그렇지 않고서야 객잔에 미리 잠복해 있던 행태를 설명할 수 없으니.

그러니 앞뒤 재보면 이들의 목표는 유서현이요, 이극은 목표물에 들러붙은 부산물에 불과했을 것이다.

백의인들은 일을 처리하는 솜씨가 지극히 냉정하고 또 잔인했다. 이극을 찾기 위해 맨손으로 산 자의 심장을 뽑아 터뜨리는 일도 서슴지 않는 자들이었던 것이다.

그런 자들과 같은 수법을 쓰는 놈들이니, 이극에게서 타다 만 장부를 발견하지 않았다면 아마 온전히 깨어나지도 못했을 것이다.

생각이 그에 미치자 이극은 등골이 오싹해지며 목덜미에 소름이 돋는 걸 느꼈다.

사람인 이상 죽기를 두려워하지 않을 수 없다. 더구나 죽는다는 자각도 없이, 적어도 살기 위해 몸부림칠 기회도 박탈당한 채 죽을 뻔했으니 무서운 게 당연했다.

어찌 되었든 의문은 아직 해소된 게 아니었다. 장부 때문에 잡아온 게 아니라 말해놓고, 잡아와서는 장부를 어떻게 손에 넣었느냐 추궁하는 것은 무슨 이유인가?

"짐작 가는 바가 없는 건 아니지만……."

혼잣말을 중얼거리던 이극은 말꼬리를 흐렸다.

듣는 귀를 두려워해서가 아니다. 명확한 증거가 아닌 요소들을 조합해서 내놓은 결론이, 그의 편견과 같은 방향을 가리키고 있기 때문이었다. 반대라면 모르되, 같은 방향을 가리킨다면 그 결론을 도출하는 과정에서 자신의 바람이 알게 모르게 영향을 끼쳤을 수 있다는 경계심이 컸던 것이다.

"그나저나 날 굶겨 죽일 셈인가?"

이극은 주린 배를 문지르며 중얼거렸다.

사람을 납치해 놓고 죽이지 않는다면 마땅히 쓸모가 있어서일 테니 살리는 놔야 할 일이다. 그런데 벌써 오 일이 넘도록 식사는커녕 물 한 모금도 주지 않으니 사람을 말려 죽이려는 의도가 아니고서야 이럴 수는 없는 법이다.

이극 정도의 고수라면 먹지 않아도 열흘은 거뜬하다. 하지만 제아무리 고수라도 인간인 이상 물이 없이는 단 며칠도 버티기 힘든 것이다. 석옥 구석에 일어난 균열을 타고 한두 방울씩 떨어지는 물이 아니었다면 벌써 항복하고 솔직히 말하겠노라 문을 두드렸을 것이다.

 이극은 무심코 배를 문지르던 손을 내려다보고 놀라며 두리번거렸다.

 "아이쿠! 이게 왜 이러고 있어?"

 묶여 있어야 할 손으로 자유로이 배를 문지르니 안 될 일이다. 손바닥만큼의 빛도 허용치 않는 어둠 속에서 이극은 안력을 돋우고 바닥을 더듬거리며 제 손목을 묶고 있던 끈을 찾았다.

 유서현에게도 그랬지만, 이극에게도 이 석옥은 내상을 치유하기에 최상의 조건을 가지고 있었다. 유서현은 식사라도 챙겨주지, 이극은 완전히 방치당하고 있으니 이보다 마음 편히 내상을 치유할 수가 없었던 것이다.

 사흘째 되던 날 완전히 내상을 치유한 이극은 곧바로 손발을 묶은 끈을 풀었다.

 실처럼 가늘게 뽑아 엮은 철을 심 삼아 만든 끈이다. 수강이라도 일으킨다면 모를까, 두 손이 묶인 상태에서는 이극도 잘라낼 수 없는 강도였다.

두 사람의 방문객

이극은 어린 시절 추영영에게서 천축의 유가 수법을 배운 기억이 있었다. 천축의 수행자 사이에서 전해져 내려온다는 그것은 인체의 근육의 수축과 팽창을 뜻대로 조절하고 뼈마디를 움직이는 데 탁월한 바가 있었다. 서역인의 피가 섞여 늘씬한 추영영이 작디작은 추 부인으로 십 년을 넘게 살았던 것도 모두 천축 유가술의 위력이었다.

 이극은 재미 삼아 배웠던 수준이라 추영영처럼 몸과 얼굴을 바꾸지는 못했지만 팔다리 근육을 조절하고 관절을 뺐다 끼우는 정도는 웬만한 분근착골의 고수보다 나은 점이 있었다. 덕분에 이극은 꽁꽁 묶인 끈을 자르지도, 풀지도 않고 손을 빼낼 수 있었던 것이다.

 바닥에 떨어져 있던 끈을 찾은 이극은 크기를 헐겁게 조절하고 다시 두 손을 끼워 넣었다. 이제 그 노인이든 누구든, 단단히 잠긴 문을 열고 들어오기만 하면 될 일이다. 마음 같아서는 부수고 나가고 싶었지만 문마저 두꺼운 돌로 만들어져 있었으니 그럴 수는 없었다.

 꼬르륵—

 굶주린 배의 항소가 적막한 밀실 안을 가득 채웠다. 깊은 내공은 몸을 움직이게는 해줘도 허기지다는 감각을 충족시켜주지는 못하는 것이다. 이극은 쓴웃음을 지으며 중얼거렸다.

 "변의를 해결할 일이 없으니 다행이라고 해야겠군. 그나저나 오공이 놈은 지 밥이나 챙겨 먹고 있을라나?"

 오공의 어미는 떠돌이 기예단 소속으로 재주를 부리던 원숭이다. 기예단의 단장은 어미가 재주를 부리는 데 방해가 된다고 오공을 죽이려 했는데, 우연히 그 자리에 있었던 이극은 단장을 설득, 아니, 정확하게는 전득(錢得)하여 구한 것이었다.

 그렇게 구해 왔지만 이극은 오공을 키울 생각이 없었다.

 애초에 이극은 죽음에 직면한 새끼 원숭이를 불쌍히 여기기는 하였으되 그것을 막으려는 의지도, 이유도 없었다. 그저 그것이 놈의 타고난 명이거니 생각했고, 기예단이라는 폐쇄적인 집단과 마찰을 일으키고 싶지도 않았다.

 하지만 그저 안타깝게만 여기고 돌아서는 순간, 이극은 공교롭게도 칠징 인의 원숭이와 눈이 마주쳤던 것이다.

 이극은 고아였고, 사부를 만나기 전에 죽음의 문턱을 몇 번이나 밟았는지 모른다. 그러니 저 원숭이가 아무리 새끼일지라도 운명의 가혹함은 스스로 감당할 몫이라고 여기고 돌아설 수 있었던 것이다. 그러나 새끼의 운명은 외면할 수 있어도, 말 못하는 어미의 소리없는 절규마저 못 본 체 할 수는 없었다.

 결국 새끼를 떠안기는 했으되 마음가짐이 어중간하였으니 키울 자신도 없었다. 때가 되면 가까운 산에 풀어줘 그와 같은 원숭이 무리와 살도록 할 생각이었다. 원숭이니까 오공이라는 이름을 지어준 것도 발상이 빈곤해서라기보다는 깊이 생각하기 싫다는 이유가 컸으리라.

하지만 날 때부터 사람의 손을 탄 오공이 야생의 원숭이 무리와 잘 어울릴 리 없었다. 게다가 오공은 원숭이치고는 지나치게 똑똑했고, 이극의 생각대로 가혹한 운명을 긍정할 줄 아는 자세도 갖추고 있었다. 주인이 밥 주기를 기다리지 않고 스스로 먹이를 구하여 살아남는 방법을 터득하고 어영부영 이극의 옆에 붙어 있을 수 있었던 것이다.

하지만 스스로의 힘을 먹이를 구하는 것도 다 항주 성내에서의 일이다. 시장 가판을 휩쓸던 가락은 산과 들과 숲 어디에서도 통하지 않을 테니 말이다.

오공을 떠올리니 초조함이 커졌다. 이극은 애써 마음을 가라앉히고 손과 발을 끈으로 두른 채 문이 열리기만을 기다렸다.

3

무림맹주 곽추운은 아침부터 두 사람의 방문객을 차례로 맞이했다. 하나는 그가 부른 자였고, 다른 하나는 그를 찾아온 자였다.

곽추운이 불러서 새벽같이 맹주의 집무실에 들어온 자는 좌호법인 번천검랑 원가량이었다.

"몸은 좀 괜찮나?"

"걱정해 주신 덕분에 생각보다 빨리 추스를 수 있었습니다."

"우호법은 아직도 침상 신세라던데, 자네라도 빨리 털고 일어나서 다행일세."

곽추운의 말은 지극히 평범한 인사치레였지만 원가량의 웃는 얼굴에 희미한 금을 그었다.

원가량은 유서현을 제거하라는 곽추운의 명을 받고 갈등 끝에 스스로 주화입마에 빠져 내상을 입었었다. 그러나 주군의 지엄한 명과 지고지순한 사랑 가운데 어느 하나도 택할 수 없이 주화입마에 빠졌다고 할 수는 없는 노릇. 하여 원가량은 궁여지책으로 이극에게 당했다고 허위 보고를 올렸던 것이다.

그런데 문제는 실제로 이극에게 당한 하후강이었다.

맹주의 좌우 호법인 두 사람은 무림맹 내에서 거의 동등한 위치로 대접받고 있었다. 가끔 펼쳐지는 비무에서도 호각을 이루는 등 두 사람의 실력은 고하를 가릴 수 없었다. 굳이 따지자면 하후강의 힘이 원가량의 기교를 반치쯤 앞선다고 해야 할까?

어쨌든 그런 두 사람이 동일한 적에게 당하였는데, 하나는 가벼운 내상을 입었고 다른 하나는 죽음의 문턱에서 겨우 생환한 것이다. 물론 무공의 고하가 반드시 승패를 가르는 것은 아니며 싸움의 양상도 살아 숨 쉬는 생물과 같아 산법의 계산처럼 명확한 답이 떨어지는 것이 아니다. 같은 사람이라도 매 순간마다 심신의 상태가 천차만별이고 주변의 정황도 같으란 법이 없다. 이극에게는 하후강보다 원가량이 더 상대하기 어려웠으리라는 추측도 얼마든지 할 수 있다.

 더구나 원가량이 주군의 명과 짝사랑 사이에서 고민하리라고 누가 감히 상상이나 할 수 있을까? 원가량을 잘 아는 사람일수록 그 가능성은 수직낙하를 경험하게 될 것이다.

 곽추운이라고 예외는 아니니, 걸리는 게 있다면 원가량 스스로가 느끼는 가책이리라.

 원가량은 빠르게 표정을 수습하고 말했다.

 "운이 좋았습니다."

 총애하는 수하의 건재함을 확인한 곽추운은 만족스러운 얼굴로 고개를 끄덕였다.

 "그래. 운이 좋았지."

 주군의 말에 가시가 있었다. 갑자기 찌르는 곽추운의 말에 원가량은 잠깐 당황했지만, 곧 그 말을 밀쳐 낸 것이 책망이 아니라 불쾌함임을 깨달았다. 과연 원가량의 직관력을 칭찬하듯 곽추운의 말이 이어졌다.

"우호법과 자네를 쓰러뜨린 놈이 누군지 아나?"

"그때 시장에서 봤던 이극이라는 자가 아닙니까?"

원가량은 진심으로 의아해하며 반문했다. 그러자 곽추운은 미간을 찌푸리며 대답했다.

"박가의 제자일세."

"……!"

박가라는 이름을 듣자 원가량의 얼굴이 차갑게 굳어졌.

겨우 두 글자. 성씨이니 이름이라고 하기도 뭐한 이름이다. 하지만 그 두 글자의 이름이 곽추운의 입에서 나와 공기 중에 파문을 일으켰다는 것의 의미를 온전히 아는 자가 얼마나 될 것인가?

원가량은 동서고금을 통틀어 어떤 고수와도 능히 자웅을 겨룰 자신이 있었다. 하지만 그런 그도 감히 대적할 수 없는 자들이 있었는데, 원가량 본인의 표현에 따르자면 인간으로 '잘못' 태어난 자들이었다.

한때 혈천광랑이라는 이름으로 천하를 두려움에 떨게 했던 원가량이 그런 말을 한다면 누구나 의아해할 것이다. 그러나 원가량이 이름을 말하면 그 즉시 수긍할 자들이 둘이었다.

무림맹주 곽추운과 대마신 철염.

천년 무림의 역사 속에서도 서로가 아니고서는 비교할 자가 없다는 이름이다. 비록 죽었어도, 혹은 수천 리 떨어져 있어도 두려워서 감히 입에 올리지 못하는 게 흉이 되지 않는 이들이다. 인간으로 잘못 태어났다는 원가량의 평가도 무리 없이 받아들여질 것이다.

한데 그 외에 한 사람. 저 둘과 동격인 양 언급되는 이름이 있다면 어느 누가 쉬이 받아들일 수 있을까? 원가량이 누군가에게 자신의 생각을 털어놓는다면 그는 얼토당토않다며 고개를 젓거나, 고작해야 소림의 종려 선사를 떠올리는 데 그칠 것이다.

하지만 원가량이 말할 이름은 이름도 아닌, 그저 성씨에 불과하다. 무림인들의 태반은 그 이름조차 들어보지 못했을, 존재마저 지워져 버린 박가라는 자인 것이다.

긴 시간이 흘렀지만 원가량은 아직도 바로 어제 일처럼 생생히 떠올릴 수 있었다. 홀연히 나타나 손짓 하나로 마종의 마인들을 볏짚단처럼 쓰러뜨린 노인을. 그리고 놀라움과 공포, 그 어떤 감정도 일어나지 않고 그저 경이로움에 몸과 마음을 맡겨야 했던 순간을.

그러나 박가라는 이름이 가지는 의미는 고작 그런 것이 아니다. 박가라는 이름은, 비유하자면 무림맹이라는 성 가장 깊은 곳에 쌓아둔 화약고였다. 아주 작은 불씨에도 성을 날려버릴 폭발을 일으킬 그런 파괴력을 가진 화약고.

십오 년 전 종결되었던 중원무림과 마종의 항쟁. 그 기록에서 사람들이 박가라는 두 글자를 발견하는 순간 무림맹의 천하는 모래처럼 무너지고 말 것이다. 곽추운은 물론이요, 무림맹을 떠받치는 열두 장로의 권위와 명예… 그들이 가지고 있는 모든 것이 파도에 휩쓸려 사라지리라.

"그랬군요."

원가량은 겨우 입을 움직였다.

눈앞을 덮고 있던 불투명의 막을 한 꺼풀 걷어낸 느낌이다. 연원을 알 수 없었던 이극의 무공이 어디에서 비롯되었는지, 어째서 그리도 강하였는지 이유를 알 것 같았다.

하지만 그렇다 해도 명확히 설명할 수 없는 부분이 있다. 원가량은 서슴없이 의문을 표했다.

"폐지의 입에서 할 말은 아니오나… 박가의 전인이라기엔 부족함이 많은 자입니다."

"그렇겠지."

곽추운은 원가량의 의문이 마땅하다는 얼굴로 대답했다.

"당시 놈은 고작해야 열대여섯에 불과했을 터. 박가의 무공이 모두 이어지기에는 아직 어린 나이일세. 제아무리 비범한 자질을 가졌어도 박가가 가진 것의 삼 할이나 채 배울 수 있었겠나? 박가의 성취는 대부분 실전되었겠지."

곽추운의 말이 타당했다.

이극의 무위가 놀랍기는 하지만 박가의 그것처럼 무소불위의 경지는 아니다. 이른 나이에 스승을 잃고 사문의 모든 무공을 잇지 못했다면 다소 억지스럽기는 하나 어느 정도 설명이 되는 것이다.

"맹주의 탁월한 식견에 감탄을 금치 못하겠습니다."

원가량은 드물게 진심으로 상찬을 올렸다.

곽추운의 무재는 그의 무수히 많은 인간적 결함을 상쇄하고도 남음이 있었다. 곽추운이 십 년만 일찍 태어났다면 많은 것이 달라졌으리라. 당시 곽추운과 철염 사이를 가로막고 있었던 벽은 언뜻 견고해 보였지만 시간이 지나면 반드시 무너지고 말 것이었다. 원가량은 곽추운과 철염의 차이가 시간뿐이라고 생각했고, 시간의 흐름에 따라 자신의 판단이 틀리지 않았음을 확인할 수 있었다. 지금의 곽추운은 십오 년 전의 철염에 비해 손색이 없었으니까.

"그런 말이나 듣자고 부른 게 아닐세."

"하명하소서."

곽추운이 손사래를 치자 원가량은 고개를 숙였다.

"박가의 제자 놈이 그 계집을 끼고 있다는 게 무엇을 의미하는지, 자네라면 굳이 설명하지 않아도 알 수 있을 걸세."

"짐작은 갑니다."

"놈의 목적은 사부의 복수일 것이고, 그렇다면 표적은 나일 터. 그러나 지금까지의 행적을 보면 놈의 심계가 지극히 음습하고 악랄하니 정정당당한 수법을 쓰리라고는 생각할 수 없다네."

"하오면……?"

원가량은 고개를 들어 곽추운을 봤다. 곽추운은 끓어오르는 노기를 숨기지 않고 숨을 토해냈다.

"놈의 목적은 내가 일구어 놓은 무림맹을 무너뜨리는 걸세. 나를 죽이는 것보다 더 쉽고, 더 고통스럽게 만드는 짓일 테니까!"

원가량은 침묵으로 동의를 표했다. 자신이 이극이라도 단순히 곽추운을 죽이는 것으로 복수하기에는 원한이 풀리지 않으리라.

"만에 하나, 그 계집을 통해 그년이 오라비와 접촉하게 된다면 일이 더욱 어려워진다는 건 명약관화(明若觀火). 더구나 송 장로까지 나서서 계집을 찾아 검영대 사건의 진위를 가리자고 하니 우리로선 엎친 데 덮친 격이 아니겠나."

'우리가 아니라 너겠지.'

여전히 속내를 감추어둔 채 원가량은 곽추운의 말을 기다렸다. 곽추운은 강렬한 눈으로 원가량을 쏘아보며 말했다.

"이 위기를 타개할 수 있는 것은 자네뿐일세."

"제가 어찌……?"

"자네가 계집을 죽이는 걸세."

"…예?"

곽추운이 이목을 피해 새벽같이 원가량을 부른다는 것은 곧 힘들고 귀찮은 일을 떠안긴다는 것을 의미한다. 원가량은 무공 실력도 무림맹 내에서 손꼽히는 고수였고, 곽추운이 맹원들에게 숨기고 싶은 치부도 알고 있었다. 아니, 단순히 안다는 정도로는 부족하다.

곽추운은 단순히 무공으로 천하제일인이 되기를 꿈꾸지 않았다. 그가 진실로 원하는 것은 모든 이들이 자신을 완벽한 인간으로 여기는 것이었다. 극단적으로 얘기하자면 공맹과 같은 성인, 혹은 요순과 같은 성군의 대열에 올라 자손만대에 자신의 이름이 울려 퍼지기를 바랐던 것이다.

그러나 곽추운 자신은 욕망에 대단히 충실한 인간이었다. 현실과 이상이 일치하는 지점까지 줄지어 서 있는 난관을, 굳이 극복하려 하지 않고 돌아서 가는 편법을 택했던 것이다.

원가량은 처음부터 사파의 인물이었고, 곽추운의 어두운 부분을 있는 그대로 받아들인 유일한 자였다. 자신의 치부를 아는 것을 넘어서, 욕망을 긍정하고 공유할 수 있는 인물이라는 게 곽추운이 원가량을 보는 시각이었다.

대무림맹의 맹주가 고작 어린 계집 하나를 죽이라고 스스럼없이 명할 수 있는 것은 곽추운이 원가량을 얼마나 신뢰하고 있는지 알려주는 대목이었다.

"이극이라는 자는 비록 스승에 미치지 못하여도 저보다 강한 무위를 지니고 있습니다. 저 혼자 가능할지 모르겠습니다."

유서현을 죽이란 명을 어찌 받든단 말인가? 원가량은 일단 이극의 핑계를 댔다. 그러나 곽추운은 예상했다는 듯 지체없이 대답했다.

"놈을 죽이려거든 내가 나서야겠지. 하지만 죽여야 할 것은 놈이 아니지 않은가. 계집을 찾아서 죽이게. 그게 자네가 할 일이네."

"…존명."

원가량은 다른 변명이 떠오르지 않아, 일단 명을 받고 곽추운의 집무실을 나왔다.

"사내대장부가 한 번 거절당했다고 꼬리를 내리는 법이 어디 있나?"

머릿속을 맴도는 하후강의 말이 원가량의 발걸음을 더욱 무겁게 만들었다.

반 시진이 지나 아침 해가 온전히 원을 그렸을 때, 두 번째 방문자가 곽추운의 집무실을 찾았다. 앞선 원가량과 달리 부르지도 않았는데 제 발로 찾아온 두 번째 방문자는 소수소면 송삼정이었다.

"이른 아침부터 무슨 일이십니까?"

곽추운은 최대한 정중한 어조로 송삼정을 대했다. 하지만 철사자 장굉의 건으로 송삼정과 척을 지게 되었다는 생각에 미처 감추지 못한 가시가 돋쳐 있었다.

그러나 송삼정은 개의치 않고 말했다.

"맹주께 제안을 하나 드리고자 결례를 무릅쓰고 찾아왔습니다. 부디 용서하십시오."

자세를 한껏 낮춰서 곽추운의 주의를 환기시키고, 송삼정은 찾아온 이유를 말했다.

"저를 포함한 장로회의 삼 인이 맹주와 뜻을 같이 하고자 합니다. 받아주시겠습니까?"

"예?"

송삼정의 입에서 뜻하지 않는 말이 나오자 곽추운은 눈이 휘둥그레졌다. 송삼정의 입에서 이와 같은 말이 나오기를 얼마나 기다렸던가? 고대할 때에는 여지없이 기대를 배신했던 그 말이, 포기한 순간 직접 찾아온 송삼정의 입에서 나올 줄이야.

송삼정의 손을 덜컥 잡을 뻔했던 곽추운은 애써 평정심을 유지했다. 세상에 공짜란 없는 법이다. 이만한 떡밥을 던진다면, 그만큼의 대가를 회수하겠다는 계산이 깔려 있으리라.

"매력적인 제안이군요. 하지만 그만큼 대가로 무엇을 요구하실 건지, 슬쩍 겁이 납니다만?"

"별거 아닙니다."

송삼정은 슬쩍 말을 흘리고, 본론을 이어 붙였다.

"주 선배의 신병을 양도해 주십시오. 그거면 됩니다."

"주 선배의 신병?"

곽추운은 미간을 찌푸렸다.

송삼정의 요구가 과해서가 아니라, 짧은 순간이지만 자신이 예상했던 모든 항목이 비껴나갔기 때문이었다.

불쾌함은 곧 사라졌다. 송삼정이 왜 주이원의 신병을 요구하는지 의문이 빠르게 빈자리를 차지했다.

"이유를 물어도 되겠습니까?"

"무림맹을 등졌다지만 주 선배도 지난 날 함께 싸웠던 동지 아닙니까. 주 선배가 마종의 잔당이 아니라는 사실은 맹주께서도 잘 아실 텐데요."

"……."

송삼정 역시 박가와 관련하여 곽추운과 같은 배를 탄 자다. 이렇게 정공법으로 나올 줄 몰랐기에, 곽추운은 잠시 생각할 시간이 필요했다.

송삼정은 가만히 곽추운의 입이 열리기를 기다렸다. 제안(이라기보다는 부탁)을 하러 온 입장이니 재촉해 봤자 좋을 게 없었다.

잠시 후, 곽추운이 입을 열었다.

"주 선배가 지금까지처럼 조용히 살았다면 나도 아무 말 없이 넘어갔을 겁니다. 하지만 박가의 제자 놈을 비호했으니, 이는 본 맹에 정면으로 반하겠다는 의사가 아니고 뭐겠습니까? 그리고 이미 마종의 잔당으로 발표를 한 이상, 번복하여 본맹의 명예를 실추시키는 일은 지양해야 하지 않겠습니까?"

송삼정은 '그럼 제 제안도 없던 것으로 하지요'라고 말하고 일어나고 싶은 유혹을 간신히 뿌리쳤다. 송삼정은 마음을 가라앉히고 차분히 말했다.

"그 부분은 저도 충분히 알고 있습니다. 한 번 발표한 사안을 번복할 필요까지는 없습니다. 그래서 신병을 인도해 주십사 부탁드리는 겁니다. 맹주와 본영에 누를 끼치지 않도록 말입니다."

"송 장로께서 일부러 그를 풀어주고 불명예를 자처하시겠다는 뜻입니까?"

"주 선배는 이미 본 맹에 아무런 위협도 되지 않는 몸입니다. 부디 선처해 주십시오."

주이원은 곽추운의 일검에 한 팔을 잘렸고, 단전이 파괴당해 본신 무공을 모두 잃어버린 상태였다. 보통의 노인만도 못하게 되었고 이극의 행방도 모르니 잡아놓고 있어도 사실 곽추운에게 득 될 것이 없었다.

그것을 대가로 장로회 중립파를 끌어들일 수 있다면 이보다 남는 장사가 없는 것이다.

그러나 눈에 너무 선명히 보이는 이득은 오히려 의심을 불러일으킨다. 신의가 아닌 기략으로 살아온 곽추운이기에 더욱 그러하다.

뻔히 이득이 되는 제안에도 망설이는 곽추운에게, 송삼정은 품 안에서 봉투를 하나 꺼내 내밀었다.

"이게 뭡니까?"

"저를 포함한 장로회 세 사람의 연판장입니다. 두 분의 서 명은 항주에 오기 전 미리 받아놓았으니, 제 이름만 넣으면 됩니다."

곽추운이 급히 봉투를 꺼내보니 과연 송삼정의 말대로 맹주를 지지하겠다는 내용 아래 중립을 표방하는 장로 두 사람의 서명이 들어가 있었다. 가운데 한 사람의 자리가 비니, 바로 중립파의 수장이라고 할 수 있는 송삼정의 자리였다.

"주 선배를 인도받으면 즉시 서명해 드리겠습니다."

"잘 생각하셨습니다."

원하던 것이 손안에 들어왔으니 한껏 부풀어 올랐던 의심도 멀리 날아갔다. 곽추운은 즉시 자리에서 일어나 미소 지으며 송삼정의 손을 잡았다.

곽추운과 손을 맞잡으며, 송삼정은 이제껏 자신을 지탱해왔던 협의라는 가치가 무너지는 소리를 들었다. 지금 송삼정은 두 장로가 자신에게 주었던 신뢰를 팔아 추영영의 환심을 사려는 것이다.

송삼정은 지독한 자기혐오와 타락의 쾌감을 동시에 느끼며 곽추운을 바라봤다. 지금 자신의 얼굴이 만면에 웃음을 채운 곽추운과 비슷할 거라고 송삼정은 생각했다.

* * *

예순한 번째 쌍아대원과 막 스무 초를 겨루던 유서현은 퍼뜩 정신을 차렸다. 바늘 끝처럼 날카롭게 선 감각이 이질적으로 흔들리는 공기를 느낀 것이다.

"......?"

유서현이 감금당한 가옥은 두 사람의 보초가 하루 이교대로 문을 지키고 있었다. 가옥에 접근하는 자는 보초 외에 유서현의 식사를 가져오는 자까지 도합 다섯이 전부였다.

말로 설명할 수는 없었지만 유서현은 이 다섯 명의 기운이 어떻게 다른지 식별할 수 있었다. 처음부터 그랬던 것은 아니고, 감금당한 후 홀로 무리를 정리하고 이제까지의 싸움을 머릿속으로 재구성하는 과정에서 터득한 수법이었다.

그런데 지금 유서현이 갇힌 가옥으로, 생소한 기운이 접근해 오고 있었다. 교대자도 아니고 식사를 나르는 자도 아니었다.

'혼공일까?'

하나 혼공은 이들 가운데 꽤나 신분이 높아 보이는 자였다. 첫날에도 여러 명의 수행자를 동반하였는데, 지금 접근해 오는 기운은 딱 하나였다.

한 장 이내로 접근해 온 기운이 잠시 움직임을 멈췄다. 다가올 때까지는 불처럼 일렁이던 기운이, 갑자기 가라앉아 그 위세가 초라해졌다. 그러나 단순히 위세가 줄어든 것이 아니다. 폭빌 직진의 응축된 무인가를, 유시현은 기운의 안쪽에서 느낄 수 있었다.

"……"

유서현은 저도 모르게 숨을 멈추고 이질적인 기운의 움직임과 동화되었다. 잠시 후, 기운이 일순간 팽창하더니 가옥의 출입구 쪽으로 빠르게 접근했다.

퍽! 퍼벅!

"…으음……."

작은 소요와 더 작은 신음소리가 감각을 극한까지 끌어올린 유서현의 귀에 생생히 들어왔다. 유서현은 직감적으로 다음의 수순을 알 수 있었다.

 과연 소녀의 예상대로 굳게 잠겨 있던 문이 열렸다. 조심스럽게 열린 문 안으로 한 사내가 들어왔다.

第七章
기이한 자들

蒼龍魂 창룡혼

1

 문을 열고 안으로 들어온 자는 날카로운 인상을 가진 장년의 사내였다. 사내는 묶여 있는 유서현에게 다가가 물었다.
 "소저. 가족이 어찌 되시오?"
 생김새는 전혀 다르지만 유서현은 사내에게서 동승류와 비슷한 인상을 받았다. 유서현은 바로 대답했다.
 "홀어머니와 오라비가 하나 있습니다."
 유서현의 대답을 들은 사내는 옅은 미소를 지으며 재차 물었다.
 "혹시 서씨 성을 가진 자를 따라나서지 않았소?"

"제가 만나기로 했던 분은 성이 동씨인 분이셨습니다만."

유서현은 잠시 당황했지만 침착하게 대답했다. 아까보다 더 큰 미소가 사내의 얼굴에 번졌다.

"두 번째 질문은 농담이었소. 길거리에서 지나쳐도 대주의 동생 분인지 알아보겠구려."

날카로운 인상과 어울리지 않게 실없는 농담을 던지며 사내는 유서현의 포박을 풀었다.

"나는 초무열이라고 하오. 불행히도 위로는 소저의 오라비를 모시고 아래로는 소저 오라비의 부하 놈들을 건사하느라 뼈가 삭는 사람이오."

유서현은 손목을 주무르며 자리에서 일어났다.

"구해주셔서 감사합니다. 유서현이라고 합니다."

"시간이 없소. 경공은 할 줄 안다고 들었소만, 혹시 이자들이 공력을 폐하거나 하진 않았소?"

초무열은 벽에 붙어 문밖을 살피며 물었다. 유서현은 절로 초무열을 따라 벽에 몸을 붙이고 대답했다.

"예."

"잘 됐군. 이것저것 설명할 계제가 아니니 나만 따라오시오."

초무열은 그리 말하고 다시 문밖을 살폈다. 근처를 오가는 자들이 없음을 확인하고 나가려는 초무열을 유서현이 잡았다.

"잠깐만요. 혼자 오신 건가요? 다른 분들은요?"

초무열은 초조한 얼굴로 유서현을 돌아봤다.

초무열에게 유서현은 딸 같은 나이다. 대주의 동생이라 해도 깍듯이 대할 이유가 없다. 더구나 이런 상황에서 무슨 설명을 요구한단 말인가?

"내가 금방 이것저것 설명할 계제가 아니라고 말했을……?"

짧게 혼내고 말려던 초무열이 중간에 입을 닫았다. 오목조목 어여쁘고 앳된 얼굴에, 스스로 납득하지 않으면 절대 움직이지 않겠다는 고집이 엿보였다.

초무열이 그 고집을 엿볼 수 있었던 까닭은, 바로 그가 모시는 상관의 얼굴에도 똑같은 놈이 있기 때문이었다. 누가 뭐라 하든, 자신이 옳다고 생각하는 것을 관철하겠다는 똥고집 말이다. 누군가는 굳은 의지라고 부르기도 하지만, 상관의 결정에 따라 늘어나는 업무량과 뒤처리를 책임지는 입장에서는 지랄 맞은 똥고집 외에 다른 적합한 말을 찾기가 힘들었다.

'이런 빌어먹을 유씨 집안 같으니라고!'

초무열은 속으로 욕을 하며 빠르게 말했다.

"간단히 말하겠소. 대주를 포함해 총 네 명이 소저와 동승류를 구하기 위해 이곳에 침투했소. 대주와 다른 대원 둘은 동승류를, 나와 다른 대원 둘은 소저를 구하기로 계획이 되어 있었소."

초무열은 태어나서 가장 빠른 속도로 입을 움직였다. 유서현은 초무열의 눈을 똑바로 바라보며 그의 말을 한 자도 놓치지 않고 귀에 담았다.

"당장 설명할 시간은 없지만 소저를 잡아다 가둔 놈들은 아주 잔인하고 악독한 놈들이오. 우리가 놈들의 본거지에서 서로를 건사하려고 하다가는 공멸하기밖에 더하겠소? 각자 임무를 완수했으면 곧바로 빠져나가 정해진 장소에 집결하는 것이 최선이고, 우리의 방식이오. 알아들었으면 잔말 말고 따라오기나 하시오."

대주를 닮아 고집이 세면 머리도 총명할 것이다. 이 정도면 알아들었겠지 싶어 고개를 돌린 초무열의 기대를 유서현은 다시 한 번 배신했다.

"이대로 갈 순 없어요."
"대체 왜 이러는 거요?"

초무열은 열이 머리 위로 확 오르는 것을 참고 물었다. 유서현은 힘주어 말했다.

"동 아저씨 말고도 구해야 할 사람이 있어요."
"그게 누구요?"
"항주에서 저를 도와주신 분이에요. 저 때문에 여기까지 함께 잡혀왔어요."

"사내요?"

"예."

이극의 성별을 확인한 초무열의 얼굴이 묘하게 비틀렸다. 유서현은 그 표정이 뜻하는 바를 넘겨짚고 단호히 못 박았다.

"그런 거 아니에요!"

초무열은 고개를 저으며 대답했다.

"그런 거가 뭔지 모르겠다만 그런 뜻으로 얘기한 건 아니었소. 다만… 소저와 함께 있다가 잡혀왔다면 아마 지금 구할 수 없는 상태일 거요. 이놈들은……."

초무열은 말을 하다 말고 한숨을 쉬었다.

"자세한 얘기는 나중에 하겠소. 어쨌든 구하고 싶어도 구할 수 없을 테니 포기하시오."

"구할 수 없다는 게 무슨 뜻이죠?"

'정말 지 오라비랑 판박이군.'

초무열은 속으로 욕 아닌 욕을 하고 말했다.

"간단히 말해 사람 목숨을 벌레만도 못하게 여긴다는 뜻이오. 소저가 구하고 싶다는 분도 이미 죽은 지 오래일 거외다."

"아닐 거예요."

유서현은 초무열의 말을 딱 잘라 부정했다.

"그 노인이 그랬어요. 혼공이라는 노인이요. 저나 오빠와는 별개로 자신들과 관계가 있다고요. 바로 죽였을 리 없어요."

'관계가 있다면 더 위험하잖아?'

초무열은 큰 소리로 혼을 내고 싶었지만 그럴 상황도 아니고, 낸다 해도 먹힐 리 없다고 결론을 내리고 빠르게 방침을 바꿨다. 유순흠이라는 상관을 보좌하며 얻었던 깨달음을 적용해 내린 결론이었다.

"좋소. 외부인을 죽이지 않고 가둘 곳은 어차피 한 곳밖에 없소. 대주와 합류하여 빠져나가기로 하지."

유서현과 실랑이를 하며 더 이상 시간을 보내거나 소요를 일으켜 봤자 득 될 것이 없다. 초무열이 말을 바꾸자 비로소 유서현은 고개를 끄덕였다.

'하긴… 이 정도 성깔도 없이 맹주를 공개 비난했겠어?'

초무열은 결국 지고 들어간 자신을 달래며 밖으로 몸을 날렸다. 유서현도 공력을 일으키며 초무열의 뒤를 따랐다.

산속의 숲을 개간하여 일군 이 기묘한 마을은 좁은 공간을 효율적으로 활용하기 위해 수십 채의 가옥이 계획적으로 배치되어 있었다. 어느 모로 봐도 자연 발생한 주거 지역이 아니었다.

초무열의 뒤를 따른 지 얼마 안 돼 유서현은 한 가지 의문을 품기 시작했다. 초무열의 전진은 거침이 없었다. 이곳에 거주하는 자들을 피해 숨을 때에도 결코 당황하는 법 없이 숨을 곳을 한 번에 찾아 들어가는데 그 위치가 몹시도 절묘했다. 건물과 건물 사이의 거리, 사내들의 동선과 시선을 피할 수 있는 공간을 손금 들여다보듯이 훤히 파악하지 않고서는 도무지 가능할 것 같지 않은 행보였다.

언젠가부터 뒤통수가 따가운 초무열도 유서현의 의문을 짐작하고 있었다. 하지만 그 이유를 일일이 주절거릴 때가 아니다. 유서현도 당장은 캐묻고 싶은 생각이 없어 얌전히 초무열의 뒤를 따랐다. 물론 소녀의 두 눈은 여전히 초무열의 뒤통수에 꽂혀 있었다.

바닥에 누워 입을 벌리고 있던 이극이 **벌떡** 일어났다. 미침 떨어지던 물방울이 이극의 이마에 맞고 부서졌.

'사람이다!'

실로 오랜만에 문밖 복도를 걷는 발소리가 들려오는 것이다. 이극은 속으로 쾌재를 부르며 자세를 고쳐 묶여 있는 시늉을 하며 얌전히 자리에 앉았다.

발소리는 묘하게도 주기적으로 멈췄다가, 금세 걷기를 반복하고 있었다.

'상당한 경공의 고수가 두 사람. 다급하고 초조한가 보군?

발소리만 듣고도 이극은 그 주인의 심경을 대충이나마 짐작할 수 있었다. 발소리는 걷다가 멈추기를 반복하여 결국 이극의 방 앞에 당도했다.

 탁!

 간수의 확인용으로 만들어진 작은 구멍이 열리며, 횃불의 빛이 들어왔다. 며칠 만에 보는 빛인지 몰라 이극은 눈을 찡그렸는데, 곧 구멍이 닫히고 빛도 사라졌다.

 문 밖에서 낮은 속삭임이 들려왔다.

 "여기가 마지막 방입니다."

 "그럴 리가… 지하 석옥이 아니면 어디에 가두었겠소?"

 둘 다 늙은 편은 아니었지만 한 십 년 터울이 나는 사내간의 대화였다. 목소리로 느껴지는 나이가 위인 쪽이 오히려 깍듯이 경어를 쓰니 형제나 사형제간은 아닌 듯 했다.

 "느낌이 좋지 않습니다. 혹시……."

 "좋지 않은 생각은 하지 맙시다. 어쨌든 이곳은 빨리 빠져나가는 편이 좋겠소."

 대화는 길지 않았고 동작은 신속했다. 두 사람의 발소리가 빠르게 멀어지자, 이극은 아차 싶어 달려가 문을 두드렸다.

 "이보시오! 이봐! 잠깐 돌아와 봐! 돌아오라고!"

 그러나 그것은 실수였다. 다른 방에 갇혀 있는 자들이 일제히 소리를 지르고 문이나 벽을 치는 바람에 이극의 목소리가 묻히고 만 것이다.

발소리는 올 때보다 빠르게 멀어져 벌써 들리지 않았다. 이극은 애꿎은 돌문을 발로 찼다.

"젠장!"

뭐하는 자들인지 몰라도 누군가를 구하기 위해 잠입했음은 대화 내용으로 미루어 짐작할 수 있었다. 여기가 관청의 옥이 아닌 이상 정당한 이유와 적법한 절차를 밟아 들어온 자가 없을 텐데 어찌 자신들이 구하고자 하는 이가 없다고 그냥 갈 수 있단 말인가!

"그딴 성질머리로 퍽이나 찾을 수 있겠다!"

이극은 악담을 하고 자리에 주저앉았다. 마른 들판에 불같이 일어났던 지히 석옥의 소요는 빠르게 기리앉았다. 디들 이극보다 최소한 하루는 더 굶었을 자들이니 계속할 힘이 없었던 탓이다.

그런데 뜻밖의 일이 일어났다. 웬 사내들이 다녀간 지 반 각도 지나지 않아서 또 다른 발소리가 들려오는 것이다. 그들이 다시 올 리는 없고, 이극은 혹시라도 자기를 신문하러 오는가 싶은 희망이 솟아났다.

"어? 내 끈……!"

문을 두드리다 흘렸는지 손목에 끈이 없었다. 이자들이 구

기이한 자들 279

멍을 통해 끈이 풀려 있는 걸 본다면 문을 열고 들어올 리 없다. 이극은 황급히 엎드려 바닥을 더듬거렸다.

하지만 쉽게 찾을 수 있는 것도 급할 때에는 좀처럼 찾아지지 않는 법이다. 좁은 바닥 어디에 떨어졌는지 도무지 찾을 수 없어 이극은 어둠 속을 허우적거렸다. 그때, 구멍이 열리며 빛이 새어 들어왔다.

'내가 어찌 이런 실수를!'

열흘 가까이 어둠 속에 살았던 이극에게는 폭력에 가까운 빛이었다. 빛의 반대편으로 고개를 돌려 눈을 보호하며 이극은 속으로 자책하고 또 자책했다. 항주를 빠져나온 뒤로 뭐에 홀렸는지 치명적인 실수를 두 번이나 저지른 것이다. 알아주는 이 없지만 나름대로 고심해서 지었던 팔방해사라는 이름에 먹칠을 하는 것 같았다.

그러나 자책하는 이극을 비웃기라도 하는 걸까? 좀처럼 열리지 않던 육중한 석문이 드르륵거리며 열렸다. 그리고 이극에게는 너무나 익숙한, 그리고 그리웠던 소녀의 목소리가 들려왔다.

"아저씨!"

유서현이었다.

2

이극은 손으로 눈을 가리며 어슴푸레 비치는 유서현의 윤곽을 확인했다. 횃불을 등지고 다가오는 유서현의 그림자가 이극을 부르고 말했다.

"뭐하고 있었어요?"

끈을 찾는다고 바닥에 무릎을 꿇고 엎드려 있던 자세가 스스로 민망해, 이극은 얼른 자리에서 일어났다.

"아무것도. 그나저나, 괜찮아?"

"가둬만 놨지, 괜찮아요. 밥도 꼬박꼬박 주던걸요?"

"뭐? 밥을 줬어?"

유서현이야 걱정하지 말라고 한 말이었지만 듣는 이극은 속이 쓰렸다. 이극은 괜히 배를 문지르는 것을 보고 유서현이 물었다.

"왜요? 굶었어요?"

"아니… 뭐, 괜찮아. 그보다 밖으로 좀 나가자. 밥보다 신선한 공기가 더 고프네."

이극은 유서현을 재촉해 밖으로 나갔다. 복도에서는 초무열이 다소 불안한 표정으로 횃불을 들고 있었다.

이극은 초무열을 보고, 유서현을 돌아봤다.

"제 오빠랑 아는 분이세요. 이분이 저를 구해주셨어요."

"초무열이오."

초무열은 이극에게 큰 관심이 없다는 듯 퉁명스레 말을 던졌다. 그래도 일단은 구해준 은인이니 이극은 고개를 숙였다.
"감사합니다. 덕분에 풀려났군요."
그러나 초무열은 이극의 인사를 건성으로 받고 사방을 둘러봤다. 그 빛을 따라 이극도 주변을 둘러봤다.
지하 석옥이라고 하지만 사람을 가두는 방은 그리 많지 않았다. 일직선의 복도를 따라 양쪽으로 여섯 개, 도합 열두 개의 방이 있을 뿐이었다. 다만 바닥과 벽, 기관으로 열고 닫게 만들어진 문은 단단한 돌을 구해다 만든 것이다. 얼핏 봐도 보통 정성이 들어간 게 아니니, 이 정도 규모만 해도 얼마만큼의 자금이 투입됐을지 가늠하기 어려울 지경이었다.
초무열은 자신을 따라 주변을 둘러보는 이극을 불신의 눈으로 바라보며 물었다.
"혹시 우리보다 앞서 누군가 다녀가지 않았소?"
이극이 사내 둘의 목소리를 들었다고 말하자, 초무열과 유서현이 눈빛을 교환했다.
"대주와 엇갈렸군요. 우리도 어서 나갑시다."
"예."
유서현은 초무열을 따라 걸음을 옮겼다. 그런데 이극이 뒤를 따르지 않고, 자신이 갇혀 있던 방의 맞은편으로 가는 것이었다.

"아저씨?"

"여기 다 나 같은 사람들이 갇혔을 거 아니야. 나갈 땐 나 가더라도 풀어줘야지."

그러면서 이극은 벽에 걸려 있던 횃불 하나를 들고 문을 비춰보았다. 특수한 기관을 사용해 열고 닫도록 만들어진 문이다. 조작법을 알아내지 못하면 풀어주고 싶어도 풀어줄 수 없는 것이다.

"그만두시오!"

한참 기관의 조작부를 만지던 이극이 고개를 들었다. 초무열이 잔뜩 굳은 얼굴로 이극을 노려보고 있었다. 흔들리는 횃불이 초무열의 날카로운 얼굴 위에서 춤을 추고 있었다.

이극은 초무열을 향해 반문했다.

"그만두라고?"

"그렇소. 그만두시오. 열면 후회할 거요."

이극은 문 열기를 그만두고 몸을 돌려 초무열의 앞에 섰다. 키가 껑충 큰 이극은 중키의 초무열을 내려다보며 말했다.

"초무열 씨라고 했었나? 대체 저 문이 뭘 가두고 있는데 열면 후회할 거라는 겁니까?"

"……."

대답이 없자 이극은 질문을 바꿨다.

"그럼 다른 걸 물어볼까요? 당신은 저기 아가씨네 오빠와 동승류씨의 동료라니 선열댄가 뭔가 하는 조직, 즉 무림맹의 일원일 겁니다. 맞습니까?"

"선열대는 대주를 따라 모두 무림맹을 탈퇴했소."

"거 참 편리하군. 그럼 '무림맹이었다'고 칩시다. 무림맹의 일원이었던 자가 어째서 저 안에 뭐가 있는지, 어째서 열면 후회하는지 따위를 알고 있는 겁니까?"

"그건 말할 수 없소."

"그러고 보니 아까도 이상했어. 앞서 온, 그래, 아가씨의 오빠와 수하인 것 같던 두 사람. 그들은 이곳이 나처럼 부당한 이유로 잡아온 이들을 가두는 곳이라는 걸 아는 눈치였거든. 그럼에도 그들은 석문을 열어주지 않고 그냥 가버렸지."

"오빠가 그랬을 리 없어요."

"그래서 하는 말이야. 정말 이 안에 부당한 이유로 끌려온 자들이 있다면 열어줘야 할 일이지. 하지만 아가씨네 오빠인 것 같은 사람도, 여기 이 아저씨도 문을 열지 않으려 하니 무슨 이유일까? 이 안에 뭐가 있는지 알거나 최소한 짐작이라도 할 수 있으니까 그리 말하는 게 아닐까?"

이극은 고개를 돌려 초무열을 바라보고 물었다.

"안 그렇습니까?"

"넘겨짚지 마시오."

초무열은 이극의 말을 일축하고 유서현에게 말했다.

"이자의 말에 귀 기울이지 마시오. 대주가 이곳을 다녀갔으니 이미 동승류를 구해 도주하고 있을 거요. 우리도 빨리 빠져나가야 하오! 여기 갇혀 있는 자들까지 신경 쓸 틈이 없소!"

"……."

초무열의 말은 유서현의 마음을 움직이지 못했다. 여기 지하 석옥이 큰 규모도 아니고 방의 개수가 고작 열두 개인데 열어줄 시간도 없다는 게 이해할 수 없었다.

유서현은 초무열에게서 시선을 옮겨 이극을 바라봤다. 유서현과 눈을 맞춘 이극은 짧게 말했다.

"어쩔래?"

유서현은 이극이 자신과 같은 의문을 품었고, 그것을 해소하기 전에는 지상으로 올라가지 않을 거라고 생각했다. 어째서인지 모르겠지만 두 사람의 생각이 일치한다는 감각이 나쁘지 않았다.

"저도 궁금해요."

"그만두시오!"

적진에 숨어들었다는 것도 잊고 초무열은 크게 소리쳤다. 그러나 유서현은 아랑곳하지 않고 손닿는 방의 문을 열었다. 초무열이 이극의 문을 열던 조작법을 기억해 두고 있었던 것이다.

기이한 자들

드르르륵—

육중한 소리를 내며 기관이 움직이고, 손으로 미는 것처럼 문이 열렸다. 곧 안쪽의 좁은 공간이 유서현의 눈앞에 드러났다.

"……?"

열린 문 안에는 한 사내가 갇혀 있었다.

돌바닥에 주저앉은 사내는 무릎을 세워 끌어안고 그 안에 고개를 파묻고 있었다. 사내는 문이 열린 것을 모르는지 조금도 움직이지 않았다.

둥글게 말린 사내의 어깨가 안타까웠을까? 유서현은 저도 모르게 다가가 사내를 깨우려 했다. 이곳에서 도망치세요, 도망쳐서 자유를 되찾으세요라고 말해주고 싶었다.

"어서 나오시오!"

말릴 틈도 없이 안으로 들어가는 유서현을 보며 초무열이 놀라 소리쳤다. 그러나 그 외침이 오히려 사내를 자극했다. 사내는 갑자기 고개를 들더니, 잔뜩 눌려 있던 용수철이 해방된 것처럼 몸을 튕겨 유서현을 덮쳤다.

쾅!

말릴 틈도 없이 사내가 유서현을 덮쳤다고 생각한 순간, 굉음을 내며 사내의 몸이 뒤로 날아갔다. 사내는 어린 아이가 집어던진 개구리처럼 석벽에 처박혔고, 곧 바닥에 떨어져 몸부림쳤다.

"끼웨에에엑!"

고통에 겨워 몸부림치는 사내의 입에서는 기이한 소리가 새어 나왔다. 도저히 인간이 낼 수 있으리라고는 생각할 수 없는 기이한, 그러면서도 짐승의 것이라기에는 음습하고 불길하기 짝이 없는 소리였다.

몸부림치는 사내를 보는 유서현의 눈이 커져 있었다. 소녀의 어깨를 넘어 앞으로 나와 있는 손바닥의 주인, 이극이 등 뒤에서 물었다.

"봤나?"

이극의 목소리가 그답지 않게 딱딱했다. 반사적으로 유서현을 지키기는 했으나 그 또한 적잖이 놀란 것이다.

"…예."

유서현은 힘겹게 대답했다. 그때, 놀랍게도 바닥에서 뒹굴던 사내가 뛰어올라 그가 부딪쳤던 벽을 박차고 다시 유서현과 이극을 덮쳤다.

뒤로 뛰어 벽을 박차는 예비 동작을 취한 탓에 유서현은 다가오는 사내를 침착히 관찰할 수 있었다.

사내의 두 눈은 황갈색이었고, 얼굴은 긴 털로 뒤덮여 있었다. 유난히 길게 내려온 코가 눈에 띠는 반면 인중은 짧은지 코에 가린 건지 보이지 않았다.

그렇게, 사내의 얼굴은 인간이면서 좀 더 다른 무언가와 가까웠다. 그것은 마치⋯⋯.

"늑대인가?"

유서현의 마음을 읽었는지, 아니면 또 한 번 생각이 일치했는지 이극이 중얼거렸다. 누구라도 이 사내를 본다면 십중팔구 늑대를 떠올릴 것이다.

지척에까지 다가온 사내는 오른팔을 크게 휘둘렀다. 제 어깨를 감싸고 있을 때에는 미처 보지 못했던 근육이 크게 부풀어 올라 옷을 압박했다. 드러난 살갗마다 밤색 털이 출렁였으며 손톱은 굵고 길어, 곰의 발톱과도 닮아 있었다.

스치기만 해도 목이 꺾일 것 같은 위력이 담긴 일격이었다.

그러나 사내의 손톱보다 빠르게 이극의 우장이 작렬했다. 가슴을 얻어맞은 늑대 사내는 다시 한 번 뒤로 나가떨어졌다.

"어서!"

이극은 유서현을 잡아당기며 자신도 뒤로 물러났다. 그리고 다시 기관을 작동시켜 문을 닫았다.

"꾸에에에엑!"

이극의 일장을 가슴에 얻어맞고도 사내는 금세 회복했는지 소리를 지르며 날뛰기 시작했다. 그러나 사내가 나오기 전에 문이 닫혔고, 포효는 석벽에 갇혀 작게만 새어 나왔다.

"⋯⋯."

유서현은 너무 놀란 나머지 하얗게 질린 얼굴로 아무 말 못하고 그저 닫힌 문 앞에 서 있었다.

소녀가 강호에 출도한 지 갓 석 달이 지났을 뿐이었고 비무의 경험도 그 수가 결코 많다고 할 수 없었다. 그러나 본인에게 득이 되느냐의 기준은 경험의 횟수가 아니라 농도일 것이다.

강호에 출도한 유서현의 일지에는 대부분이 생사를 가르는 실전이었다. 비무(比武)라는 달콤한 말로 포장할 만한 경험은 아예 없다 해도 과언이 아니었다. 그렇게 거듭된 실전 속에서 단련된 유서현의 담력이란 또래 가운데에서는 비교할 이도 찾기 힘들 정도였다.

그러나 그런 유서현도 방금 전, 늑대에 가까운 사내 앞에서는 온몸이 굳을 수밖에 없었다. 늑대와 인간이 접목된 그 광경은 떠올리는 것만으로 공포스러웠으며, 개체를 넘어 인간이라는 종 전체가 공유하는 근원적인 혐오에 가까웠다.

"아가씨, 정신 차려."

이극은 어깨를 두드려서 멍하니 서 있던 소녀를 깨웠다. 소녀는 퍼뜩 정신을 차리고 이극을 돌아봤다.

"방금 그건 뭐였죠?"

이극은 어깨를 으쓱였다. 그라고 알 리가 없었다.

"나도 모르겠는걸. 낭인(狼人:늑대인간)… 뭐 그런 건가?"

기이한 자들 289

민간에 구전되어 오는 이야기 속에는 늑대 형상을 한 인간이 자주 등장한다. 그러나 그것은 어디까지나 이야기 속에서나 나올 존재다.

이극은 몇 번인가 이야기를 벗어나 현실에서 낭인을 본 경험이 있었다. 물론 떠돌아다니며 재주와 진귀한 볼거리를 팔아 살아가는 자들 가운데 낭인인 척하는 자들이 전부다. 특이하게 온몸에 뻣뻣한 털이 많은 자라든지, 눈이 사납고 코가 긴다든지 하는 식이다.

그러나 아까 그자는 그런 생계형 낭인들과 달랐다.

무엇보다 이극의 장력을 두 번이나 맞고도 금세 일어나는 회복력과, 타격 순간 느껴졌던 근육의 탄성은 흉내 내거나 가장할 수 없는 영역이었다.

또한 손톱을 휘두르던 수법에서 드러난 힘과 속도는 대적할 인간이 있을지 의심스러울 정도였다. 무공을 배운 흔적을 찾아볼 수 없는 마구잡이 손짓 속에 놀라운 위력이 실려 있었으니, 사내의 형질 자체가 짐승에 가까워졌다고 하지 않고서는 도저히 설명할 길이 없었다.

두 사람에게 초무열이 다가왔다.

초무열을 보는 이극과 유서현의 눈빛이 달라져 있었다. 은인이 아니라 의심스러운 협잡꾼을 보는 시선으로 뒤바뀐 것이다. 그러나 초무열은 신경 쓰지 않는 듯, 여전한 표정과 태도로 말했다.

"이제 속들이 시원하신가? 다른 방에 갇혀 있는 자들도 방금 그자와 크게 다를 바 없소. 애초에 이 지하 석옥을 필요로 했던 것이 그자들 때문이었으니까."

초무열의 말은 이극의 추측에 확신을 더해줬다. 이극은 초무열을 향해 확인을 받듯이 물었다.

"이것들 뒤에 있는 자가 곽추운이겠지. 안 그렇습니까?"

그러나 이극의 확신과 달리 초무열은 고개를 저었다.

"반은 맞고 반은 틀렸소."

정신이 돌아온 유서현이 말했다.

"설명해 주세요."

초무열은 깊은 한숨을 쉬며 말했다.

"이 이야기는 바탕이 매우 복잡하고 많은 이들과 집단의 이해득실이 엉켜 있어 적진에서 할 게 못 되오. 내 직책이 부대주이다 보니 우리의 입장이나 대주의 생각과 다른 부분도 있을 것이오. 소저도 나보다는 대주에게 이야기를 듣는 편이 좋지 않겠소? 어차피 귀환하면 듣기 싫어도 들어야 할 것이오."

"그게……!"

유서현이 뭐라고 말을 꺼내려던 찰나, 병장기 소리가 먼 곳에서 전해지듯 은은하게 들려왔다.

초무열은 아차 싶어 발을 굴렀다.

"이런! 누군가가 들켰군!"

산중의 숲 깊은 곳에 일군 주둔지다. 주둔지 밖에서 싸우는 소리가 예까지 들릴 리 없고, 이 깊은 곳까지 싸우러 올 리도 만무했다.

"……!"

유서현의 신형이 빠르게 초무열을 지나쳐 계단을 올랐다. 그 뒤를 이극이 따르고, 이제 반대로 초무열이 두 사람을 쫓아 계단을 올랐다.

3

[기다려!]

계단을 단숨에 뛰어 올라가던 유서현의 귓가에 이극의 전음이 들려왔다. 그러나 유서현은 급한 마음을 억누르지 못하고 곧장 지상으로 나가는 문을 열었다.

문 밖에는 올라오기를 기다렸다는 듯 백의인들이 대기하고 있었다.

세 명의 백의인은 모두 무기를 들었고 유서현은 맨손이다. 더구나 유서현은 검문의 자제이니, 맨손의 권각술은 기본적인 것 외에 따로 배운 것이 없었다.

'할 수 있어!'

그러나 유서현은 속도를 늦추지 않고, 아니, 오히려 더 빠르게 뛰어올랐다.

백의인은 세 명이었지만 그들 모두를 합쳐도 쌍아대원 하나에 미치지 못함을 알아본 것이다. 맨손이지만 이 백의인들은 충분히 상대할 수 있다는 자신이 섰던 것이다.

"……!"

그러나 호기롭게 달려드는 유서현과 달리 백의인들은 처음부터 싸우고자 하는 의사가 없었다. 백의인들은 미리 약속했던 듯 양쪽으로 갈라지며 물러났다. 그리고 그들이 비켜준 공간에, 회색 옷을 입은 중년인이 나타났다.

회의 중년인은 무기를 들지 않은 맨손이었다. 그러나 유서현은 그 중년인이 백의인 백 넝보나 훨씬 위험한 존재라는 걸 알 수 있었다.

놀랍게도 중년인의 두 눈에는 안구 대신 도깨비불 같은 자색의 기운이 일렁이고 있었다. 중년인의 두 손이 역시 같은 색으로 빛을 발하더니, 유서현을 향해 쌍장이 날아들었다.

우우웅—

일찍이 경험해 보지 못한 압력이 유서현을 핍박했다. 유서현은 서둘러 공력을 끌어올리며 마찬가지로 쌍장을 내밀었다. 유서현이 이 회의 중년인과 장력으로 겨룬다는 것은 어불

성설이었지만, 지금으로선 최선의 선택을 한 것이었다.

중년인의 장력이 무시무시하니 섣불리 피하려 들었다가는 돌이킬 수 없는 타격을 입을 공산이 컸다. 그보다는 맞불을 놓아서 상대의 장력을 조금이라도 해소시키는 것이 지금 유서현으로서는 최선의 선택이었다.

"미쳤어?"

그 순간, 어이없어하는 이극의 목소리가 들렸다. 동시에 앞으로 나아가던 유서현의 신형이 허공에서 멈추고, 곧이어 뒤로 밀려났다.

자신의 경고를 무시하고 뛰어나가던 유서현이 위험해지자 이극은 순간적으로 공력을 폭발시켜 둘 사이의 거리를 단숨에 좁힌 것이다.

이극은 오른손으로 유서현의 목덜미를 잡아채 뒤로 물리고 좌장을 뻗었다.

콰콰콰쾅—!

세 손바닥이 마주친 지점에서 폭음이 터져 나왔다. 동시에 바람이 거세게 불어 흙먼지를 날렸다.

"꿰엑!"

중년인은 기이한 소리를 내며 비틀거렸다. 도깨비불 같이 두 눈에 일렁이던 자색 기운이 일순간 흐려지고, 코와 두 귀로 끈적한 피가 흘러나왔다.

이극은 그 틈을 놓치지 않고 중년인의 품으로 파고들었다. 이극의 손바닥이 활짝 열린 중년인의 가슴팍에 다시 한 번 격중했다. 중년인의 입에서 이번에는 좀 더 사람다운 소리가 나왔다.

"꺼억……!"

코와 귀에 이어 눈과 입까지, 칠공에서 피를 흘리며 중년인은 쓰러졌다. 눈과 손에 일렁이던 자색 기운은 이내 사라졌고, 그에 가려 보이지 않던 안구가 모습을 드러냈다.

"이럴 수가……."

"빠, 빨리 혼공께 보고를!"

이극이 단 2초 만에 회의 중년인을 쓰러뜨리자 백의인들은 안색이 하얗게 질려 사방으로 흩어졌다.

"후우……."

이극은 숨을 골랐다. 겉으로 보기야 간단히 해치운 것 같지만 실상은 그렇지 않았다. 회의 중년인의 장력이 무시무시하였으니, 그를 압도하기 위해 소모한 공력이 만만치 않았던 것이다.

회의 중년인이 겉보기에 괴이한 모습을 하고 있었지만 어차피 이극의 상대는 아니었다. 달리 처리하고자 한다면 얼마든지 방법이 있었을 것이다. 적어도 평소의 이극이라면 그랬을 것이다.

그럼에도 굳이 공력을 소모해 가면서 장력의 정면 대결로 회의 중년인을 격살할 이유는, 순간 참을 수 없이 화가 치밀어 올랐기 때문이었다.

'왜 그랬지?'

반문했지만 대답을 찾을 여유가 없었다. 쓰러진 중년인과 마찬가지로 회의를 입고 두 눈에 자색 기운이 일렁이는 사내가 셋. 각기 다른 방향에서 이극을 향해 달려오고 있었다.

이극은 초무열을 향해 말했다.

"어디로 가야 빠져나갈 수 있는지 지시하십시오. 길은 제가 뚫겠습니다."

"그, 그러지요."

이극의 무위를 두 눈으로 보고도 믿기 힘들었는지, 잠시 정신을 놓고 있던 초무열이 황급히 대답했다. 그러는 사이에도 회의 사내들은 두 눈에 자색 기운을 일렁이며 이극들을 향해 가까워오고 있었다. 이극은 혀를 차며 초무열을 다그쳤다.

"어디로 가면 됩니까!"

"예? 아, 저기, 저쪽입니다."

초무열은 황급히 한쪽 방향을 가리켰다. 공교롭게도 회의 사내 중 하나가 달려오는 바로 그 방향이었다.

"따라오십시오!"

이극은 강하게 외치며 회의 사내를 향해 몸을 날렸다.

분명 금방 쓰러뜨린 중년인과는 다른 사내다. 생김새도 그렇고 연령대도 청년에 가까웠다. 그러나 묘하게도 비슷한 체구에 얼굴 윤곽이 닮아 얼핏 보면 같은 사람으로 착각할 법도 했다.

이극이 움직이자 방향을 틀어 압박해 오는 다른 두 명의 회의 사내들도 마찬가지였다. 엄연히 다른 사람이기는 한데, 묘하게 같은 사람이라는 분위기가 나는 것이다. 동공을 가린 저 자색의 도깨비불 때문일까?

'뭐가 잘못돼도 단단히 잘못됐군.'

지하 석옥에 갇혀 있던 낭인도 그렇고, 이 회의 사내들 역시 인간의 형상을 하고 있으나 사람이라고 하기는 힘들었다. 항주 뒷골목에서 단련된 이극의 후각이, 지금 그를 둘러싼 사태가 심상치 않다는 것을 강력히 경고하고 있었다.

정면에서 쇄도해 들어온 회의인이 우장을 뻗었다. 이극은 회의인의 팔을 가볍게 쳐서 우장을 흘려보내고 동시에 다리를 걸었다.

빙글—

회의인의 몸이 허공에서 반 바퀴 돌아 거꾸로 섰다. 다리를 걸었던 이극의 발이 제자리로 돌아오면서 자연스럽게 회의인의 목덜미를 찍었다.

뚝 소리와 함께 회의인은 목이 꺾인 채 바닥에 쓰러졌다.

정면의 회의인에 잠시 발목이 묶인 사이, 나머지 두 회의인이 당도해 이극을 압박했다. 그러나 이극은 침착하게 회의인들의 공격을 받아넘겼다.

회의인의 무서운 점은 가공할 공력과 그 공력을 십분 발휘할 수 있는 패도적인 장법뿐이었다. 그러나 바꿔 말하면 그것 외에는 두려워할 게 없다는 뜻이었다.

정공법에는 기가 막히게 대응했지만 조금만 수를 꼬아서 내면 바로 걸려들기 일쑤였다. 이극은 단 두 번의 격돌로 이 도깨비불 회의인들의 특성을 파악한 것이다.

유서현은 그렇게 힘들이지 않고 회의인들을 상대하는 이극에게서 눈을 떼지 못하고 있었다.

아는 만큼 보인다고 했던가? 이제껏 막연히 고수라고만 생각했던 이극의 무공이 새롭게 보이는 것이었다. 이는 유서현이 또 한 단계 성장했음을 의미하는 것이었지만, 막상 본인은 그 사실을 알 수 없었다.

"부대주!"

이극이 두 명의 회의인을 막 쓰러뜨린 직후, 초무열을 부르며 달려오는 사내가 있었다. 유서현과 동승류를 구하기 위해 함께 뛰어든 양화규였다.

달려오는 양화규를 확인한 순간, 초무열은 불길한 예감에 휩싸였다.

초무열과 왕수림이 각자 행동하여 유서현을 찾고자 했던 것과 달리, 양화규는 유순흠과 함께 동승류를 찾으러 갔었다. 그런데 지금 그가 홀로 있으니 무슨 일이 일어났는지 걱정이 앞섰던 것이다.

과연 초무열의 예감은 적중했다. 양화규가 다급히 말했다.

"부대주, 부대주! 큰일 났소! 큰일 났단 말이오!"

"뭐가 큰일인지 얘기를 해야 알지, 이 사람아! 그리고 왜 혼자인 거야! 대주는 어디 계시고!"

"내 말이… 대주께서 혼공에게 잡히셨단 말이오!"

상상하기 싫었던 말이 양화규의 입에서 나온 순간, 초무열은 정신이 아득해지며 중심을 잃고 휘청거렸다. 양화규가 놀라 얼른 부축했지만, 초무열은 그 손을 뿌리쳤다.

"이런 무능한 놈! 대주를 놈들의 손에 남기고 혼자 빠져나와? 야, 이 버러지 같은 놈아!"

초무열은 분을 참지 못하고 양화규를 욕했다. 그가 아는 유순흠은 적어도 혼공에게 당할 자가 아니다. 그럼에도 불구하고 잡혔다면, 분명 유순흠 본인이 저지르지 않은 실수의 대가를 떠안았기 때문일 거란 생각에서였다.

그러나 양화규도 일방적으로 매도당하려 하지는 않았다.

"부대주가 생각하는 그런 게 아니오! 놈들의 간계에 당했단 말이외다!"

"대주가 어떤 사람인데 이렇게 허술한 놈들의 간계에 당한단 말이냐!"

초무열은 양화규의 말을 변명으로 듣고 다시 일갈했다. 그러자 양화규가 울부짖었다.

"이런 젠장! 놈들이 동승류를 마인(魔人)으로 만들었단 말이야! 그것도 모르고 대주가 동승류를 업었다가 그만……!"

양화규는 제자리에 주저앉아 눈물을 흘리며 땅을 쳤다. 양화규의 입에서 나온 말은 거대한 망치가 되어 초무열의 뒤통수를 때렸다.

"뭐… 라고?"

간신히 정신을 차린 초무열이 물었다.

"혼공, 그 늙은이가 승류를 마인으로 만들었단 말이냐?"

"그렇다니깐! 내 말을 뭘로 들었소!"

"어찌 그런……."

초무열은 망연자실하여 말을 잇지 못했다.

그들이 무림맹주 직속의 특수 조직이라는 명예를 버리고 무림맹을 탈퇴한 이유는 단 하나. 유순흠이 그것을 옳다고 여겼고, 또 그리하였기 때문이었다.

어느 순간부터였을까? 선열대원들은 자연스럽게 맹주 곽추운이 아니라 대주 유순흠을 주인이라고 여기게 되었다. 곽추운의 명을 받들어 떳떳치 못한 일을 하는 와중에도 유순흠은 항상 고뇌했고, 갈등했다. 그 고민이 가식이 아니라는 것을 오랜 시간 함께한 대원들이 누구보다 잘 알고 있었기에, 돌이킬 수 없는 일을 저지르고 곽추운과 혼공 양측에게 표적이 되는 일도 기꺼이 감수할 수 있었던 것이다.

"마인이 뭐죠?"

무거운 정적을 깨고 유서현이 물었다. 초무열은 헛헛한 눈으로 대답했다.

"이런 자들을 통틀어 마인이라고 부르고 있소, 우리들은."

초무열은 손가락으로 바닥에 쓰러진 회의인들을 가리켰다. 말없이 지켜보던 이극이 끼어들었다.

"통틀어서라면 다른 자도 마인이겠군. 아까 지하의 그자도 마인이오?"

"…우리는 그렇게 부르고 있소."

이극이 재차 질문을 하려던 차, 땅에서 솟아나듯 수십 명의 회의인이 나타나 그들의 주위를 둘러쌌다.

'어라? 이건 좀 곤란한데…….'

수십 명 회의인의 포위망에 갇히니 이극도 당황할 수밖에 없었다. 이극이 그러할진대 초무열과 양화규의 두려움은 말할 것도 없었다. 아니, 그들은 이미 유순흠이 붙잡혔다는 사실에 희망을 잃고 넋을 잃은 상태였다.

그러나 회의인들은 포위망을 유지한 채 달려들지 않았.

기이한 자들 301

무슨 속셈인지 몰라 가만히 있다 보니 포위망 한쪽이 열리며, 혼공과 그 수하들이 모습을 드러냈다. 혼공의 수하들은 한 청년을 데리고 있었는데, 바로 유서현의 오빠인 유순흠이었다.

"대주!"

유순흠을 발견한 초무열이 소리쳤다. 그러나 유순흠은 정신을 잃었는지 고개를 축 늘어뜨린 채 아무 반응도 보이지 않았다.

초무열의 시선은 곧 유순흠의 옆에 서 있는 낯익은 얼굴로 옮겨갔다. 얼마 전까지도 동고동락하던 동승류가 두 눈에 자색 기운을 담은 채 표정없는 얼굴로 서 있었다.

"혼공… 혼공……! 이 찢어죽일 놈!"

"누가 할 소리를… 적반하장도 유분수지."

숨 막히도록 짙은 초무열의 적의를 혼공은 강하게 받아쳤다. 아니, 분노와 증오는 혼공이 한 수 위였다.

"네놈들이 저지른 죄는 백 번을 죽어도 용서받지 못할 것이다. 하나 나는 너희 중원인들과 다르니 마지막으로 신의를 지킬 수 있는 기회를 주겠다. '그것'을 가지고 와라. 그럼 선열대주도 내어줄 것이요, 동가 놈도 본래대로 돌려놔 줄 것이다."

혼공은 큰 선심을 쓴다는 듯이 말했다. 초무열은 믿지 못하겠는지 되물었다.

"그게… 그게 정말이냐?"

"흥! 말하지 않았느냐. 약속을 헌신짝처럼 여기는 너희들과는 다르다고."

그래도 초무열의 눈에 서린 불신의 빛이 변하지 않자, 혼공은 혀를 차며 말했다.

"너희는 항상 거짓을 말하고 배신을 일삼으니 남을 믿지 못하는 것도 당연하지. 애초에 너희의 목숨 따위는 우리에게 아무 가치도 없다는 걸 모르겠느냐? 정 믿지 못하겠다면 증명해 주지."

혼공은 그리 말하고 수하에게 귀엣말로 지시를 내렸다. 곧 수하들이 포위망 밖에서 무언가를 가지고 와서 초무열의 앞에 던졌다. 정신을 잃은 왕수림이었다.

"수림!"

양화규가 크게 놀라 달려갔다. 왕수림은 온몸에 상처를 입고 정신을 잃긴 했으나 생명에 지장이 있을 정도는 아니었다.

그러면서 동시에 수십 명 회의인이 포위망을 풀었다.

"너희들도 모두 보내주마. 이 정도면 내 약속의 무게를 믿겠느냐?"

"…허튼 수작을 부린다면 '그것'의 운명도 함께 사라진다는 걸 명심해라."

초무열은 힘없는 경고를 남기고 양화규와 함께 왕수림을

들쳐 업었다. 그리고 풀어진 포위망을 빠져나갔다.

"가요."

유서현은 혼절한 유순흠에게서 눈을 떼지 못하면서도 입술을 깨물며 말했다. 이극도 고개를 끄덕이고 유서현과 함께 빠져나가려는 순간, 혼공이 그의 발목을 잡았다.

"잠깐."

부름이 누구를 향한 것인지는 명백했다. 이극이 고개를 돌려 혼공을 바라봤다.

혼공은 주름진 얼굴 가득 비릿한 표정을 지으며 말했다.

"너는 예외다. 이.극."

한 음절, 한 음절 힘주어 발음하는 혼공을 보는 이극의 얼굴이 굳어졌다.

『창룡혼』 4권에 계속…

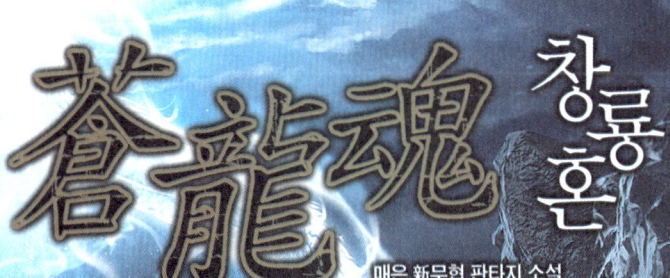

蒼龍魂 창룡혼

매은 新무협 판타지 소설

"살아라… 살아야 이기는 것이니라."

알 수 없는 스승의 유언.
그 후로… 그저 살아야만 했던 남자, 이극.

서신 하나 없이 사라진 오라버니를 찾아
홀로 무림맹에 대항하려는 소녀, 유서현.

어느 날.
두 사람이 운명으로 얽혔을 때,
메마른 무사의 혼이 다시금 불타오른다!

『창룡혼』

어둠으로 물든 하늘을 뚫고 솟아오를
위대한 창룡의 혼이여!
위선을 찢어발기고 천하를 밝히리라!

WWW.chungeoram.com

新月劍帝
단월검제

강태훈 新무협 판타지 소설

> "나 좀 도와주면
> 내가 제자가 되어줄게."

당돌한 제자 상천과 그저 그런 사부 종삼의 황당한 만남!

철석같이 신검이라 믿고 익힌 단월검을
진짜 신검으로 발전시킨 검제의 이야기!

**달조차 베어버릴
거대한 검의 신화가 열린다!**

Book Publishing CHUNGEORAM

WWW.chungeoram.com

태클 걸지 마!

무람 장편 소설

우리가 기다려 왔던 신개념 소설!

말년 병장 김성호!
"어이, 김 병장. 놀면 뭐하냐?"

떨어지는 낙엽도 피해야 하는 시기에 삽 한 자루 꼬나 쥐고
더덕을 캐는 꼬인 군 생활의 참종인!

『태클 걸지 마!』

낡은 서책과 반지의 기적으로 지금껏 모르던 새로운 힘을 깨달아간다!

불운한 삶은 이제 바뀔 것이다. 내 인생에 더 이상 태클은 없다!

Book Publishing CHUNGEORAM

유행이 아닌 자유추구
WWW.chungeoram.com